A MEMOIR OF
REVOLUTIONARY CHINA,
1924·1941

# 海门薇医生
# 在中国 1924-1941

〔美〕茹丝·V. 海门薇 / 著

张天润 / 译

刘守光 / 校

社会科学文献出版社
SOCIAL SCIENCES ACADEMIC PRESS (CHINA)

Ruth V. Hemenway, M. D.

A Memoir of Revolutionary China, 1924 – 1941

Ruth V. Hemenway

Edited with an introduction by Fred W. Drake

ⓒ 1981 by The University of Massachusetts Press.

本书根据 University of Massachusetts Press 1981 年版译出

本书出版得到福建省闽清县六都医院资助

# 关于作者

茹丝·V. 海门薇（Ruth V. Hemenway，在中国福建闽清县行医时的中文名字为韩路德）1894 年生于马萨诸塞州威廉斯堡一个农民的家庭。她靠打工从波士顿塔夫脱医学院毕业。在医学院的第三年（1920 年），她听了中国医生石美玉的报告后，决心到缺医少药的中国，为中国人民服务。为了去中国，茹丝成了美以美教会的医疗传教士，于 1924 年 1 月抵达福建闽清县六都善牧医院。茹丝在闽清为病人服务了 12 年后，于 1936 年到南昌行医。由于日本侵华，她未能回闽清，而是奉命到了重庆去抢救日本空袭造成的伤员，这一段从 1937 年秋天开始。1939 年，她到四川的资州工作。由于在工作中积劳成疾，茹丝于 1941 年回美国治疗。由于身体和家庭的原因，她没有再回中国。她一共在中国服务了 18 年。后半生她在家乡行医，业余时间学了水彩画，描绘她在中国看到的景象。她于 1974 年去世，享年 80 岁。她的回忆录是德雷克教授根据她的日记整理出版的。

# 关于本书

从清末开始到民国初年，许多女医疗传教士受妇女解放运动的鼓舞，到中国来传教行医。在行医的过程中，她们把近代的西医和医院制度传入中国，充当了西学东渐的传播者。本书作者是其中的一个特例，她尊重中国人的传统，从来不传教，只是行医奉献。

茹丝·V. 海门薇医生从 30 岁开始在中国工作了 18 个年头（1924—1941）。她的生动如画的记述是一份非凡的文献，展示了福建乡村生活的浓郁和凄惨的图景、南昌市的现代城市生活和战时首都重庆的艰苦抗战。在所有这些场景下，作者亲眼目睹各种可怕的景象，有的是来自贫困和无知，有的是来自土匪的侵扰，有的是来自日寇的暴行。可是海门薇医生却能体会中国生活中正面的东西，中国人民身上那种沉默的力量和巨大的潜能。

茹丝在从医学院毕业之前就确定中国比自己的祖国更需要医疗，她决心到这个"中央王国"去行医。问题来了，怎么去中国？虽然反感有组织的宗教，但她需要组织的力量支持她去中国工作。她在 1924 年接受了美以美教会的资助去福建闽清领导一个妇孺医院。这个医院也是一个女医疗传教士卡尔顿医生在茹丝出生那年创建的，也就是说，卡尔顿医生在那里工作了整整 30 年。茹丝去那里是为了接替她的工作。

茹丝在闽清的工作非常努力。她治愈了许多患者，还到附近的山村去巡诊。她爬许多的山路石阶，回来时精疲力尽。她这样夸奖她的马"派特"："派特不顾小路难走一直驮着我。它落过水，卡在桥上过——它甚至曾经从一个瀑布上跌下来，当然跌倒在稻田里的次数更多——但它总是爬起来勇敢地前进。"马尤如此，可见人跌过多少次！她经常要过"马牙桥"，就是河中摆放的一系列石墩，她跳石墩，牵着马让马游水，马曾经被冲到下游。

当地土匪猖獗，杀人如麻。茹丝曾经冒险深入匪区去救治受到枪伤的妇女，但是更大的考验在于土匪召她去治病。为了不给土匪破坏医院杀害医务人员的口实，茹丝毅然前往，不过在匪窟中她的疟疾犯了，土匪把她送回来。土匪的目的是让她给匪首治疗梅毒。

在为中国农民服务的过程中，茹丝培养起对这些人的热爱。在闽清县遭受了大火之后，她这样赞美中国人的重建精神：

> 在灰烬面前，冷静的人们已经开始收集残余。我早上 5 点到，在温热的灰烬中已经摆开了一张小桌子出售破烂的雨伞。过一会又一张小桌子出现，上面有几个橘子，另一个有些蔬菜。到早饭时，一个临时肉店开张了。上午晚些时，一个人凑了一个泥炉和一张桌子给站着的食客提供午饭。居民逐渐地返回了，下午这个小城重新活跃起来，人们辛勤地在还未完全冷却的热灰中忙碌着重建家园和买卖。这就是中国人的精神，中华民族是一个不可征服的民族。

我再次感到一种激情，想要了解这个民族的巨大潜力。他们身后有着许多个世纪的高度文明、深奥的思想观念和巨大的历史成就。我欣赏他们的力量和耐性。他们顽强地忠于他们的信仰，他们为了他们认为正确的东西不惜受苦和牺牲。我非常相信他们有能力在新的道路上成长和发展。我相信中国人最终将建设起一个世界最伟大的国家，也许那时美国已经开始衰落。

今天看一个来中国奉献的美国女医生90年前在艰苦奋斗中的预言，令人钦佩不已。

后来，茹丝到南昌工作一年。但是由于日寇的进攻，她难以回闽清，后来又受派遣到重庆去。在城市工作期间，她转到以做手术为主。她为妇女切除了许多巨大的卵巢囊肿，其重量从40磅一直到80磅。一个妇女的80磅囊肿被切除之后，她自己的体重也只剩下80磅。茹丝在中国领养了两个女儿，培养了医生、护士、农业专家，她到麻风病院、孤儿院去服务，到监狱里给悲惨的囚犯送较好的食物。茹丝永远袒露着赤诚的心，充满了人性的光辉。

优美的散文是本书的一大特色，茹丝用画家的眼光观察世界，把周围的一切描写得栩栩如生。让我们看一下她对三峡的描写：

在这些远古的岩石上凿成的粗糙狭窄的石阶被多少世纪以来的纤夫的脚所磨损。这些穿越历史的纤夫辛苦流汗，拉着绳套在奔腾的江上牵引客船和货船。被石质峭崖拘禁着的大江野蛮地怒吼着、沸腾着，撞击着江边的大石头，一次又一次，江流被撞回来，形成直径达200英尺的疯狂的漩涡。

峡江也有支流，它从很远处翻越崖顶冲下来成为瀑布，从红色和蓝色的峭崖上垂下柔软的白练。有时这瀑布根本达不到河床，就在空中散成灰蓝色的细水雾，被风卷到峡里。再往下，这些水雾砸到崖壁上，形成一阵阵的跌水，就像火箭尾部的喷火。偶尔我们看到崖壁上有巨大的山洞，冒着绿白色泡沫的瀑布从洞里冲出。

我曾经经过三峡，非常认同茹丝的描写，她的描写观察细致而且笔力浑厚。茹丝还生动传神地描写了许多中国当时的民俗和风土人情，使我们如闻其声，如见其人。

# 目　录

# 历史画卷的魅力（代序）

刘守光

　　福建省闽清县六都医院至今已有 110 多年的历史，它的前身是教会医院，虽地处农村，但却属福建省创办较早的医院之一。

　　据有关史料记载，清同治三年（1864 年），美国神学博士薛承恩（Nathan Sites）始入闽清六都传教，并常为民众看病施药，也为西医传入闽清之始。后由薛承恩牧师倡导，美以美教会于 19 世纪 90 年代派女医生玛丽·卡尔顿（以前均译为兰玛丽亚）到六都施医，先在坂西村租民房开办医馆，诊治妇、儿病人，为纪念薛承恩传教士"遗爱在民"，故名"薛承恩妇幼医馆"，为闽清县第一所医院。20 世纪初，迁至坂东上泰洋新建的医院后，扩大规模，兼治男病人，改称"六都善牧医院"。新中国成立后，1951 年闽清县人民政府接管了美资津贴的六都善牧医院，改名"闽清县六都医院"，从此由教会医院成为一所公立县级医院。回想当年教会在六都创办医院，有一定的历史背景：一是作为闽清教会核心镇的坂东镇（即六都）有着良好的地理优势。其四周群山环绕，中央形成长 6 公里，宽 4 公里，拥有县内最宽阔、平坦的盆地，历史上素有"小小闽清县，大大六都洋"之美称，而且交通十分便利，扼县内南部城镇咽喉，南可通永泰县，东可达福州，以此为核心可辐射至闽清各个乡镇。二是六都又是闽清传教历史最为悠久之地，当时有着教徒众多的优势。19世纪80年代以后闽清教会不断发展壮大，1887年在六都就建成了闽清第一个基督教总教堂福源堂，之后教会办的男女学校、医院等其他设施服务也先后逐渐完善。三是当时闽清的经济分布以坂东镇、池园镇、白樟镇三角区腹地最强，由此坂东形成了闽清美以美教会发展的核心镇。我们应当看到，当时教会的传入，对当地社会教育、医疗、慈善等各方面起到一定的促进作用。仅以闽清的医疗方面而言，在基督教进入闽清之前，闽清只有传统的中医。教会兴建医院，为民众施医治病，引进西方的医学技术、医疗设备，培训医务人才等，对于保障闽清民众的健康，丰富人民医疗卫生知识，起了不容忽视的作用，为闽清现代医学的兴起奠定了基础。

正是由于六都医院悠久的历史与其所处的地理位置，以及长期以来医院在坂东和周边地区（包括邻县）群众中的深远影响，所以人口仅30万的闽清县至今设有两所县级医院。新中国成立后，六都医院不断发展壮大，现在是一所二级乙等综合性医院，承担着邻近9个乡镇约占全县一半人口的医疗、卫生救护、教学科研和计划生育技术指导等任务。

去年10月间，六都医院黄拔灿院长告知我，美籍华人张大润先生最近在美国翻译了一本回忆录，该书是茹丝·V.海门薇（以前在闽清译称韩路德，在江西后译称韩明伟）女医生于20世纪20年代起在中国行医18年，其中曾在闽清六都善牧医院工作（担任第二任院长兼医生）达12年之久的经历回忆。为了使译稿更加真实地反映当时的情况，张先生要求六都医院帮助校正译稿。黄院长委托我帮忙，我欣然接受。一方面由于我对文史的喜爱，更主要的是我也想透过回忆录，去寻找和发现六都医院当年发展的轨迹以及当时社会的状况。我收到文稿后认真校阅，对有的问题，查考许多历史资料，并与译者深入探讨，交换意见，力求文章真实地体现历史和表达作者的意思。

本书内容涉及历史、地理、宗教、社会、心理、经济、政治、卫生等诸多方面。书中以细腻、流畅的文笔写出的那个年代的人与事，地与物，见与闻，无不跃然纸上，栩栩如生。既是动乱的旧中国和农村生活的生动反映，又是主人翁在华行医救人的记录，是熔知识性、故事性、趣味性、史料性于一炉的好书，可读性强，对读者很有吸引力。书中许多篇章对大自然景物的生动描写，充满诗情画意，好像一幅幅浓淡相宜的风情画展现在人们面前，让人回味悠长。特别是书中忠实记录的福建农村的风土人情，字里行间散发着浓郁的沧桑感、历史感和乡土气息；描述了许多乡景、乡物、乡情、乡俗，以及提到我所知悉的张宗岱、詹开珠、林能光、吴雪娇、华星等医务界人物，他们是可敬可亲的长辈，有的后来我还曾与之共事工作过，所以，令我这个家乡人读来倍觉亲切感人。而对苦难的旧中国劳动人民凄惨贫困的生活、愚昧落后的卫生状况、连年战乱的残酷情景等与前面所提到的形成强烈反差的画面，看了令人触目惊心。

我深为海门薇医生的精神震撼与感动。她来中国的念头出于偶然，是在美国听了一场中国医生的报告后，心灵受到触动，便立志为中国的百姓服务，把自己所学贡献给中国的医疗卫生事业。她借助教会组织这个平台，远渡重洋来到中国，到福建闽清六都善牧医院以及后来的江西、重庆、资州等医院。十多年来，她努力实践着自己的愿望，一心扑在工作上，不辞辛劳，全心尽力为中国民众服务。她兼通内、外、妇、儿等各科业务，是一名真正的"全科医生"；她除了处理医院日常医疗业务外，还经常主动下乡巡诊，走村入户为百姓服务，足迹几乎遍布闽清的山山水水；她努力扩充医院，改善医疗条件，扩大服务范围，在城乡开办分诊所；她积极推行预防接种，为民众传播卫生知识，开展健康宣传教育；她热心培育医学人才，开办护士学校，带教培养医务人员；她坚持人道、博爱精神，体恤民众，不论贫富、贵贱和善恶，只要是病人需要，她都热心救治；她热爱和平，崇尚正义，当抗日战争爆发后，毅然参加抗战医疗服务，不知挽救了多少生命；她对技术精益求精，在医疗中胆大心细，采取多种方法治病救人，使她的医疗技术在闽清及其他地方声名鹊起，深受群众欢迎和赞扬。总之，在我看来她是一名传奇式的人物，值得我们钦佩与景仰。实事求是地说，在当时恶劣的环境和艰苦的条件下，如果一个人没有坚定的信念和主观意志的努力，要做到这些是不可能的，这也不是单用宗教解释得通的。她那勤勤恳恳、全心全意、治病救人、无私无畏的所作所为和服务民众的精神，我们应给予充分的肯定和应有的评价。她的行为也与当今我国倡导的卫生方针十分吻合，永不过时。尤其难能可贵的是，在长期与劳动人民的接触中，她认同中国文化传统，以深邃的目光和敏锐的观察力，看到了中国人民质朴、善良、勤劳、顽强、智慧的本质，看到了这个民族的未来与希望。她回到故乡后，由于身体和家庭的原因，虽然无法再回到中国，但在中国十多年生活工作的情景仍时时在她脑海中萦绕，令她难以忘却；她常常心驰神往，探索、关注着中国的未来；她在家整理日记手稿，描绘水彩图画等，努力唤起当年的记忆，寄托自己的思念。这些足见其对中国的依依眷恋之情。

我长期在闽清县医疗机构和卫生行政部门工作，20 世纪 90 年代后期在六都医院担任院长多年，卸任后又负责《闽清县卫生志》的编写工作，对六都医院的历史以及本县近代的医疗卫生事业发展情况虽然有一定的了解，并在1999年主持操办六都医院百年院庆时曾多方搜集医院的历史沿革，编写医院发展概况纪念册。但终因年代已久，且时间仓促，掌握的史料不够全面，有的当事人已经作古，因此在写史编志中对我县早期教会医院的医疗活动等方面知之甚少，只能简单略述，甚至存在不少出入而留下遗憾。可喜的是，本书的出现，填补了我县医疗卫生一些史料的空白，改写了六都医院及闽清县的卫生史。例如，对六都医院以及闽清县开展外科手术的时间认定，原有史料认为是1948年刘淑芳医生调至六都医院时才开始。但本书记载了海门薇医生于1924年在六都善牧医院就施行了第一例甲状腺肿瘤切除术，开创了我县外科手术的先河，时间比原来的史料提前了20多年。其他还有当时医院人员的变动、医疗业务的扩展以及设施装备的建设等情况，书中都有许多真实的体现，在我看来弥足珍贵。感谢海门薇医生的日记，它使六都医院以及闽清卫生史志的内容更加充实、丰富和完整。

本书的编者和译者为回忆录的编译出版、为加强中美文化的传播交流作出了很大努力，付出了很多工夫，他们认真、负责和严谨的态度令人赞赏。我有幸先睹为快，领略这本多彩而凝重的历史画卷，且留下深刻的印象，并从中得到许多知识和宝贵的信息，这也是我最好的收获。应译者之约，不揣冒昧，随手写下以上感想，不当之处，请读者批评指正。

2012 年 5 月

于闽清梅城

# 引　言

　　茹丝·V. 海门薇医生作为内科医生、外科医生、教师和观察家在共产主义革命前的中国工作了 18 个年头（1924—1941）。她生动如画的记述是一份非凡的文献，里面充满了中国东南省份福建的乡村生活的浓郁和凄惨的图景、国民党控制的长江流域在 1937 年日本入侵前夜的现代城市生活和华西被包围的战时首都重庆的生活。在所有这些场景下，海门薇医生亲眼目睹各种可怕的景象，有的是来自贫困和无知，有的是来自土匪的暴行。可是海门薇医生却能体会中国生活中正面的东西，中国人民身上那种沉默的力量和巨大的潜能。

　　海门薇医生加入了西方在中国的传教事业，但她却怀疑其使中国人改变信仰的目标。这本书在展示了中国人全景式生活的同时，也如实呈现了西方在中国传教事业的优势与劣势。她的梦想是帮助一个需要帮助的民族。20 世纪初的中国政治动荡、经济混乱、社会瓦解，农村地区深受其苦。她希望把现代医学和基本的科学介绍给农村，减轻那里人们的痛苦。在福建农村行医多年，她越来越不认同基督教组织的目标和行为。不管有没有传教组织的帮助她都坚持工作，她坚信，现代科学知识与中国的古老传统相结合会产生出一个充满希望、活力和成功的新中国。

　　茹丝·V. 海门薇（1894—1974）在马萨诸塞州威廉斯堡的乡村她父亲 100 英亩大的农场长大。她父亲很勤劳，很少离开他在伯克夏山的农场。和父亲相反，茹丝喜欢更为广阔的世界。母亲是她的启蒙教师，小时候她的好奇心就非常强。在 13 岁时，她就背离新英格兰农村的正教传统。1910 年从北安普顿中学毕业后，她在康威的一所只有一间教室的学校任教，然后在威廉斯堡—西尔斯韦尔学校教书，为的是存钱到波士顿上医学院，实现她儿时的梦想。

　　凭着新英格兰人的勤奋，茹丝进入塔夫脱医学院学习，其开销靠在小小的白克湾私立女校端盘子维持。她在学术上接受西方理性主义，同时又渴求宗教上的真理，不受基督正教的局限。她看不起舒适的生活，拒绝美国正在到来的享乐时代，她要通过为人类服务来追求宗教的真理。在 1921 年毕业之前，茹丝就确定中国比祖国更需要医疗，她决心到这个"中央王国"去行医。

　　问题来了，怎么去中国？茹丝先是在费城女子医学院和艾伦棠的宾州医院做实习医生，后来终于等到了机会。虽然她反感有组织的宗教，但是她需要组织的力量支持她去中国工作。她在 1924 年接受了格雷斯·哈里斯纪念基金和美以美教会对外传教妇女部的资助去福建闽清县领导一个有 100 张床位的妇孺医院。

　　她在一个危机的年代来到台湾对面的福建省。古老中华帝国的清王朝在她到达之前 12 年就已倒台，这个真空不容易填补。政党、军阀和土匪为了控制地方互相争战，造成了混乱和中国民众的苦难，他们盼望秩序的恢复和生活的改善。

　　茹丝到达时正是军阀统治时期，她对中国政治一无所知。她虽然不能全面了解即将到来的中国统一之战，但是她敏锐地观察到巨大的变化即将发生。她感到孙中山的国民党对当地的影响。国民党跟弱小的中国共产党短期合作，在 1926 年从广东发动了北伐，目的是为中国重建统一的中央政府。不同的军队在福建交集，军阀摇身一变成了国民党军，传教士成为仇外情绪的常见目标，到处都是混乱。

1928 年，蒋介石领导的南京政府基本完成了国家统一，茹丝希望这个新秩序能提升中国迫切需要的现代化和进步。她感觉到国民政府发展项目的浅薄，这些项目企图在系统应付农村问题之前先搞城市的现代化。但是与她所亲历的军阀时期的绝望和缺乏进步相比，这些项目还是给了她希望，她认为中国的复兴终于开始了。新政府致力于巩固自己的地位和给予中国真正的统一，新政府也谈判新的条约以减少外国列强在 19 世纪和 20 世纪初从衰弱的中国抢去的特权。到 1933 年，政府完全收回了关税权，结束了外国对海关和盐税的控制。

对茹丝来说更重要的是，国民政府显示出在吸引和支持中国最倾向于改革的领袖。新政府给予西方人和西方的知识很高的地位。茹丝热烈地支持 1934 年发起的新生活运动，这个运动重新强调古代孔圣人的道德思想，采用了许多基督教青年会的方法以求振兴中国。不过她不知道，这个运动的主要动机是与被国民党在 1927 年赶走的共产党进行思想竞争。

茹丝总是跟中国的农民站在一起，深切地关怀他们的困苦。初到中国时，她不住在相对安全舒适的条约港①，而多数传教士都抵抗不住诱

---

① 1842 年因鸦片战争而签订《南京条约》，中国被迫开放五个通商口岸：厦门、广州、福州、宁波及上海，容许欧洲人在此经商及居住，同时割让香港给英国。这些港口简称条约港。——译者注

惑。她在从福州往内陆75英里的偏僻山村工作了10年，在那里她不但观察了传统农村生活的崩坏，而且看到了农村地区对于中国复兴的潜力。农村人口占中国总人口的80%，是中国现代革命和现代国家产生的摇篮。她利用教会作为帮助农民的组织手段，跟其他传教士不一样，她认为中国人民拥有强大的力量，并不需要依赖基督教的福音。她相信他们有能力用新的组织和现代的知识来改善自己的生活。

她不是一个政治上的革命者，但是她所做的工作，如在福建建立乡村卫生设施和准医疗队，还有她教育村民学习基本卫生常识和科学常识的计划，都符合后来中华人民共和国所支持的计划。很少有西方人像她那样认识到拯救中国的努力的焦点在农村，在于普通人。她的这种观点跟年轻时的毛泽东不谋而合，虽然她从未听说过毛泽东。毛泽东当时就在闽清的西边一点的江西搞农民革命。

当她1941年离开上海时，中国已经艰苦抗战了4个年头。茹丝想不到她后来再也没能回福建的崎岖山区，没能再到她战时经过的令人惊悚的长江三峡。但中国一直没有让她离去，中国是她生命的一部分。中国教育了她，使她认识到人类价值的普遍真理，不论种族和宗教。她一生都坚信人类的精神不可战胜。

虽然后来茹丝一直在威廉斯堡和北安普顿行医，但在中国生活的场景始终在记忆中缠绕着她。可能为了清理记忆，她开始学习水彩画，那是1955年，跟阿姆赫斯特的斯蒂芬·汉密尔顿先生学习。她有构图的天分，她的关于中国生活的画作不论在当地还是在波士顿都受到赞誉，它们生动感人。斯蒂芬·汉密尔顿和我选了一部分这些不寻常的画作作为本书的插图。跟她的回忆录一样，这些插图反映了当时中国的特点：热爱和平的农民的日常生活与土匪的暴力袭击强烈对比；三峡的美景与纤夫的艰苦强烈对比；放风筝孩子的喜乐与闽清监狱里囚犯的绝望强烈对比；闽清医院的花草、樟树、白墙与重庆被轰炸的死亡尖叫和废墟的悲凉色彩与角度强烈对比。

我有幸在海门薇医生去世前不久与她相识。有一次当我询问她中国生活的细节时，她眨眨眼睛，拿出一大批手稿，这是她在 1950 年代根据日记写的（她的日记保存在史密斯学院的索菲亚·史密斯收藏中）。我发现她的日记是一个令人信服的文件，它不但是动荡时期中国农村生活直接准确的描述，而且是传教士工作的稀有记述。我建议她公开她的故事，她同意了并且要求我帮助做编辑工作。不幸的是，在这项工作完成之前，她就辞世了。在没有她合作的情况下，我把她的手稿缩减了三分之二，并且加了注解。尽管编辑量相当大，但是我尽量保持了原稿的意图和风格。我的工作得到了海门薇医生的家人和朋友的帮助，特别是Neng-wong Chin 夫妇、斯蒂芬·汉密尔顿先生和萨利·孟德尔夫人。

茹丝·V. 海门薇医生具有理性和探索的精神，即使在痛苦和恐怖之中也富有幽默感。她留给我们的是一个出众的美国妇女在中国的巨大变化时期所做的生动记录。

弗雷德·W. 德雷克[1]

马萨诸塞州阿姆赫斯特

1976 年 9 月

---

[1] 本书编者弗雷德·W. 德雷克是马萨诸塞州大学历史系教授，毕业于哈佛大学。他写作和编辑了许多书籍和文章，内容有关中西文化交流、西方传教士在中国、中国摄影的先河和东北接受中国文化等题目。本书的编者注是他加的。——译者注

# 第一章　从新英格兰到中国

1924 年 1 月的一个午夜，我伫立在上海码头，寒气刺骨，漆黑一片。我不安地望着那艘向我头上压来的光线暗淡的中国船，听着船员们用陌生神秘的语言在谈话。我是一个医疗传教士，正前往福建内陆，到那新奇未知的我完全不熟悉的地方去。这艘将要带我开始新生活的船已经到位，可是我因寒冷而颤抖，心中又慌乱，竟然抬不起脚去登船。

正在此时，两个中国姑娘来码头送我了，她们是黄燕玉医生和她的护士朋友蔡安娜。我在费城曾经跟黄医生一起实习。她们脸上的微笑和抱着的礼物赶走了我的恐惧。她们笑着说了许多旅途要注意的事，这使我有勇气爬上船的甲板，向我的传教士生活迈开了义无反顾的一步。当船缓缓离岸时，她们的话还从黑暗中传来："你不是一个人，上帝与你同行。"

我为我的孱弱而羞愧。她们两位并没有从小接触主，她们是在美国学医时皈依的。她们不会知道，尽管我有传承有教育，但我并不清楚上帝是什么。虽然我在传统的主内找到安慰和平安，但我的心中总是翻腾着许多问题。其实，就是这种疑问，这种对真理的追求间接地驱使我来到中国。我觉得在为主服务的过程中，可能会找到问题的答案。

这艘运木船在海上颠簸了两天两夜。船上没人懂英语，我又一句中文都不会。第一天我全天躺在椅子上晒太阳，回想我的生活。我记得在我11岁的某一天，我擦拭家里那个带有可爱的小橱柜的写字台。当我拉开一个抽屉的时候，我发现了一本老旧的塔夫脱医学院的手册。我坐在地板上从头到尾把它读了一遍之后，我决定这辈子就要做医生了。

我父亲是一个勤勉的新英格兰农夫，他在马萨诸塞州威廉斯堡多石的山坡上耕种上百顷地，供养一个七口之家。他是一个沉默寡言的人，感情内向，白天整天工作，晚上就埋头看报。我不记得我跟他有过什么对话，不过我总喜欢跟他下地或骑马上市场。我习惯于看着他的黑头发、闪亮的黑眼睛和很白的皮肤，猜测他的思想，不过我从来弄不清他在想什么。

母亲有着蓝眼睛和棕色的头发，喜欢读书，每逢星期天就带着5个孩子上教堂，可是我父亲反对去。他们因这事常常吵，我们孩子们从来搞不懂为什么父母一个认为上教堂非常重要而另一个却十分反对。我家里人不谈志愿和梦想，也不谈宗教和性。我从小就学会把自己的思想深藏起来。

高中毕业后我就为上医学院做准备。为了攒出医学预科第一年的学费，我教了3年书。德文是入医学院必需的，我就在晚上去读。我骑马跑3英里到威廉斯堡市中心，从那里换电车再跑8英里到北安普顿的人民学院（People's Institute）去上课。

我被医学院录取了，这一天是个伟大的日子。我告诉父母，我要到波士顿去读医学院，准备听他们的反对，可是他们没有。他们只是搞不懂，为什么一个姑娘要去学医。但是他们表示，如果我要去，而且存了足够的钱去读，他们没什么可反对的。

这年秋天，我骄傲地穿过塔夫脱医学院的走廊，交了第一年的学费。虽然我只剩下10美元，但我并不为此烦恼。在波士顿找工作不难，不久我就当了餐馆招待，挣的钱够我吃住。我热爱我的新生活，包括学习和工作。我喜欢志同道合的同学。生活并不轻松，但是很快活。

1920年，我在医学院的第三年，在一个星期天，我出门散步，休息脑子和眼睛，准备晚上还要用功。顺着特莱蒙大街走到哥伦布路，我注意到一座灰色的教堂，门口有一个布告，说是中国医生玛丽·史东[①]作报告，时间正是当下。我很好奇，就走进教堂找了个座位坐下。

在随后的一小时里，我听这个娇小的勇敢女人讲述她的国家，那里成百万人没有基本的医疗服务，成千的婴儿在出生时死掉，年轻的母亲因产婆无知而受到感染。听着她的讲述，我仿佛看到了中国有许多盲人终生只能乞讨和挨饿，仿佛听见许多疯人被关在黑屋里，锁在柱子上，甚至被他们的家人杀掉，因为不知道如何治疗他们。整个村庄被瘟疫毁灭，一些省份被洪水和饥荒蹂躏。史东医生的话还没有讲完，我就下了一个决心，要把我的能力和知识贡献给中国的医疗事业。

我1921年从塔夫脱医学院毕业时只剩五毛钱，还不够坐火车回威廉斯堡！我从不向任何人借钱。我拎着手提箱从洛克百利（Roxbury）顺着亨廷顿路走到公共图书馆，在那里查找报纸，为自己找了一份工作，在富兰克林广场妇女旅馆。

---

① 玛丽·史东（石美玉，1873—1954），华中早期基督徒之女，1892年到美国密执安大学学医。1896年，她和康成成为最早获得美国医学学位的中国女医生。她们两人是中国最早的西医。——编者注

海门薇医生在塔夫脱医学院的
毕业照，1921

海门薇医生 10 岁时

海门薇医生和孩子

闽清医院医护人员，最左面的是张宗岱

我在费城实习时，有一个漂亮的中国同学黄燕玉医生，玛丽·史东曾经是她的启蒙者。当她问起我的打算时，我给她讲了玛丽·史东和我的决心。我很惊奇玛丽·史东也影响了她，让她学医并且到美国来深造。

"中国的情况很悲惨"，她轻柔地说，"中国需要医生和护士去教育和治病。你的决心很了不起。不过，你要弄清楚你确实想去，在那里生活不容易。"

黄医生给了我传教协会在纽约市的地址，如果想被派去中国，我需要到那里去申请。我交了申请，提供了介绍人。3个星期之后，来了一封简短的信，说是该协会只接受美以美教会信徒的申请。

我在申请书上说我是公理会成员（Congregationalist），尽管我从来弄不清这些教派的教义是什么。说实话，我觉得那些教义不合逻辑彼此矛盾。为什么一个处女生了一个人，这个人死后又复活这件事就构成了一个宗教的基础呢？也许他就是这么被生下来，也许他确实复活，可是这些跟宗教有什么关系呢？一个宗教的基础应该是生命哲学，是一个人对人和事物的最深刻的认识。神话和神迹怎么能是基础呢？不过，我从来没对别人讲过我的这些想法，怕被别人说成异端。

面临这种荒谬的局面——我被拒绝仅仅因为我是公理会教徒而不是美以美会教徒——我决定加入美以美会，这比重新申请重找介绍人容易。这样做了以后，美以美会传教董事会就召我到纽约去面谈。

我被引到一个大房间，那里有12个黑衣女人围坐在一张长桌周围。经过短暂的审视，她们请我坐下。她们问了3个一般性问题——我的年龄、健康状况和医学背景。然后问："你是否进修过圣经？"我有些迟疑，母亲领我们5个把圣经学得很透，但我觉得这种学习可能不符合她们的要求。于是我说我没有进修过圣经课程。黑衣女人们商量起来，脸色似乎不太好。

在等待决定的时候，我的思想飘到儿时糟糕的主日学校。老师讲得很教条，我爱提问的灵魂拒绝接受。真理怎么能不合逻辑呢？那年我13岁，每逢星期天我都不出声地坐在那里忍受。有一天老师举了一个旧约的例子，然后就宣称，这个例子证明了，信上帝的军队总是赢。我心中的叛逆和不满一下子爆发了，我激奋地说："如果双方都信上帝呢，那会怎么样？"老师严厉地瞪着我，一言不发，教室里静得可怕。我不知是怎么离开教室的，我再也不回去了，觉得被孤立起来就像个麻风病人。

黑衣女人们磋商完了，脸色严肃。我正想着一个医生会怎样因没修圣经课而被拒绝，她们就问我是否愿意修一个圣经的函授课程，我回答说愿意。我想我虽是不得不修，但是确实也有兴趣。她们又讨论了一会，然后宣布我被接受了！

我的家人对我的中国计划比较冷淡，就像当初对我学医一样。他们不在乎我的抱负，只在乎此行本身。我们新英格兰人感情不外露，除非是发火了，我们从不交换深层思想，请问这怎么能互相理解呢？

我和姐姐瑞切尔过去常拿传教士取笑，说他们拿钱比看门人和清洁工还少，却放弃在美国的好生活到海外去劝异教徒放弃他们的信仰，相信我们的信仰才是唯一正确。现在我也是一名传教士了。我暗下决心，我要尽力去理解那些我教育的对象。我教他们卫生的生活，但我决不强迫他们信我们的教。事实上，我自己都不知道我信什么，只知道我疑惑什么。我心里的叛逆和负面思想，没法告诉别人。

现在我躺在船椅上，这艘旧船已隆隆南行到了台湾以西。我想，我虽无法与人交谈，但我也可以为同行的乘客做点事。我取出手摇留声机来放唱片。统舱的客人都挤到分隔板前来听，仆役们站在过道上，上等舱的客人们都坐在舒适的摇椅里打晃。客人们听古典音乐时脸上表情严肃，听流行音乐时高兴得脸上放光。他们喜欢《早晨三点钟》和《是啊，我们今天没香蕉》这些曲子。他们的反应鼓舞了我，我就开始放圣歌，可是这下听众一个个地走散了。

第二天傍晚，落日把左舷棕色的秃山染成紫色，左右的岸线交汇了，此时我们进了闽江口。一艘满载木料的平底船向我们驶来，那船上有3块方形的白帆，船体漆成红蓝两色。船两侧都是绳绑着的木料，一直低垂到水面。这艘船后面还有许多小船带着红、灰、棕色的帆，静静地停泊在高山流下来的黄色江水上。

我们下锚以后，一些小船像蝴蝶扑花一般冲过来。驾船的有些是赤脚的妇女，她们的小孩子腰里拴着绳子坐在船板上，那是为了避免他们落水。他们灵活的黑眼睛观察着四周。我在上甲板站着，瞧那些手拿大包小裹的乘客从我们的船挤上那些杂色的小船去。

一小时之后，一艘房船驶来，两个身着老式服装的白人女子向我招手。我也向她们招手，心想5年后我回美国时，我现在身上的服装也将会显得这么老气了。

"你是茹丝·海门薇吗?"其中一位问我。

"是啊，你们是来搭救我的吧?"我大声嚷嚷。

"我们是福州马高爱医院的护士，我们是自愿来接新传教士的。"在我们谈话时，她们的跑腿小厮爬上了我们的船。坐在房船的小舱里十分舒服，我跟她们谈美国，还有她们在福州的工作。最后天色已晚，我问她们我们的船什么时候进城。

"我们要等潮水，路程虽只有 20 英里，但是要花不少时间。我们是昨晚从城里出发的，到这里已是今天下午。明天早上 1 点钟潮水将来，那就是我们返航的时间。"

她们给我看她们大竹篮里的卧具和食物，那就是为这 20 里行程准备的。我开始对这种速度产生理解。我一向喜欢快节奏有效率，不知能不能习惯这种慢节奏。我必须学习挂一挡行进而不为之苦恼，这要适应一阵子。

昨晚做的三明治让我们吃得很高兴，我们还有蛋糕和茶。然后我给她们放留声机，直到她们说要睡了。好几年之后，她们中的一位（护士福瑞达·斯陶丽）告诉我，当时我的留声机使她们很不高兴。她们急着要听美国的消息，而对留声机毫无兴趣。次日早晨 4 点，我醒来发现我们的船已经停泊在市中心的岸边了。我惊喜地去叫醒那两位女士，而一个船夫在船板上睡得正酣。

"我们要等天亮才上岸，因为城门还没开。"一个困倦的船夫告诉我们。那两位回到床上，而那个船夫立刻又鼾声大作。我去坐在船板上那个打呼噜的船夫旁边，望着灰色的晨光爬上黑暗中的房屋。停在我们周围的船逐渐现出了轮廓，显出蓝橙、蓝红、黄等颜色。它们都很清洁整齐。那些船的船头上挂着许多竹笼，里面有活鸭或活鸡。后来两位女士告诉我这些鸡鸭是在这里催肥，为农历新年准备的。我坐在清凉的晨雾中，幻想我也是一个在这里一艘船上出生的小姑娘，在小砂锅里做饭，划船送客人上上下下。在结婚时，这个姑娘仅仅是换一艘船，在另一艘船上生儿育女扶养家庭。除了船周围的见闻，她对这个世界茫无所知。

早上 7 点，这里活跃起来。无数苦力走在跳板上用扁担挑着行李。我们 3 个女人跟着马队走在潮湿的石头台阶上，两边都是高墙（这使我想起巴勒斯坦的街道）最后到了一条可容黄包车的土路。我们顺着土路走到一所殖民地式的高大房子，周围有铁的围栏，高高的老树，美丽的花坛。这就是美以美会女校。我们走进了大门。

第二天我跟各个不同的传教士团体一起享用了早饭、茶、中饭和晚饭。我看他们工作得非常专心，忙着让异教徒们皈依正教。他们中几乎没有大学毕业的。我拜访了马高爱医院，它建在一个美丽的地方，周围全是好看的老树。虽然这所医院想留我（我也觉得，这真是一个吸引人的地方），但是我没有参加这里的社交。纽约的黑衣女人们说好让我到闽清的，那才是我该去的地方。

晚上，我要走我行程的最后一段，那是溯闽江而上75英里的路程。我的向导是玛丽·卡尔顿，她是我要去的医院的医生的中国养女，也是福州城里公共教会的负责人。

跟这里灯光下的女人们告别，我们就走进了黑暗的雨夜。我们沿着两侧是高墙的路跋涉，玛丽提着煤油灯照亮。我提着漆布伞、一瓶开水和一个布袋，里面装了100块福州银元。

玛丽告诉我千万别出声，因为据说有大兵在抓丁替他们扛东西，我们不想让我们的船夫被抓走。我颤抖了一下，尽可能安静地在黑暗的雨夜里跟着她走。我们顺着潮湿的石阶走到江边静等。一艘狭长的竹篷船从黑暗中出现了，我们迅速登了上去。我们把毯子铺在船板上，很快就睡着了。那个船夫划船逆流而上，我时不时醒过来一下听那好听的桨声和浅水中船帮跟木柱的摩擦声。这些声音好像很熟悉，似乎我以前就听过。

夜半时分我们到了闽江的高桥。这座桥是几百年前修的，桥上的石头非常大，不知当初是怎么放上去的。水位还低，驳船在桥的另一头等乘客，我们穿过古老的桥洞去上那个船。新年快到了，回家的年轻学生把船挤得满满的，连船顶上都是人。老庄清——我们的赤脚跑腿——在栏杆旁等我们，把我们引到事先买好的几平方英尺的空间。驳船上的人们都在活跃地谈话，我忽然觉得自己是外人，很孤独。我处在一个完全不同的世界，我不属于这里。我的腿迈不上去，不知所措，玛丽和庄清等着我。

此时一个男孩子爬上船顶宣布："现在祈祷良辰到了。"我立刻觉得我们之间有了纽带，这纽带联结了过去和现在，我家乡和中国，也把我和船上这些人连到一起——可能和中国人民连到了一起。我觉得基督教的老传统托起了我，安慰了我。我回忆起妈妈领着我们5个孩子围着风琴唱《祈祷良辰》《你是罪人》《与我同在》等圣歌。我迅速地爬进船舱，深深地感谢那个男孩子，不知他刚才看见我没有，我那时在黑暗里。

第二天早晨我们醒来时发现我们的旧船顺着宽阔的闽江上行，两岸都是青山。船上的男男女女都穿着蓝布的裤子和上衣，用一种音乐般的语言轻柔地交谈。老庄清不知从哪里搞来一盆开水让我们洗脸，弄得大家都朝我们看。

下午晚些时船停在一条湍急的山溪的溪口（闽清梅溪与闽江交汇处——校者注，下同）。在这里我们的行李很快地被搬到一艘小船上。两个船夫分别站在船的两头，用长竹篙撑着船进入了奔腾的山溪。两个人在撑船时都大声嚷叫，把船顶上激流，绕过中流的大石头。这样吃力地走了一小时，我们来到了闽清县城。

玛丽和我出船上岸，庄清去商谈雇小船继续上行的事，到我们的目的地六都（属现坂东镇辖区，距县城25公里）还有20里（水路路程）。我们走上一段狭窄的石头路，周围的房子都没有窗，小店铺就开在路边。最后出现一片开阔地，这里有男童学校①和传教士的住所，艾史东夫妇②在这里居住多年。玛丽和我进了门，艾史东夫妇留我们过夜，但是我们想尽快赶到六都。虽然只有20里，但夜晚不能赶路，因为夜里有土匪和老虎，船都是赶早晨出发。这样我们就在这里跟这对老夫妇一起度过了一个愉快的夜晚，这对老夫妇用了整整一生来发展闽清县的男童学校。

第二天早上4点庄清来叫我们，我们踏着月光出去。周围是雾气半笼的高山，低处是深的狭谷，月光照着雪白的溪流在黑暗中蜿蜒。这就是我们来时的山溪（梅溪）。我们要沿着它往源头走20里。

玛丽和我沿着很陡的山路往河边走，船夫不耐烦了，大声地喊我们。我们上了小船，这小船是狭长的，中间有竹篷（闽清俗称鼠船），船夫分站在船尾和船头。一个孩子站在没膝深的冰冷的水里维持船的稳定。我们坐在船板上伸直了腿，背靠着行李。

我们出发了。两个船夫身体压得低低的撑着船篙，推动小船顶着浅的激流前进。有时也有大片的静水，倒映着两旁的山峰。等转过一个弯，溪水就变得吼叫着向我们冲来，小船上下颠簸。往上走啊走啊，水越来越湍急，船夫们嘴里哼唱着，拼命用力撑篙。有时船向下游滑，他们就跳下水去把船顶住。他们的肌肉紧绷着，喘着粗气，穿过几乎不可能穿越的急流。我几乎不能想象美国人能闯过这样湍急的溪流。

这是我青年时代最惊悚的一天。船不断上行，直到我听到前方有不祥的咆哮声。我们的船缓缓地转了一个弯，前面出现了一个3英尺高的

---

① 时为美教会办的"天儒高等小学校"，在县城西关外，后该地成为闽清一中校址，2009年一中整体迁建溪口，该地开发建设。——校者注

② 中文名霭树棠，美传教士，时任校长。——校者注

跌水，绿水奔流，白沫四溅（在梅溪流经的云龙乡潭口村附近）。有近10条船等在这儿。现在我明白为什么船夫在早晨4点要不耐烦地大喊了。这些船要聚集在瀑布下面，互相帮助着才能上去。年轻的纤夫们站在岸上，纤索系在每一条船上。一些人站在水里，湍急的冷水没到腋下。他们一起发力，先推第一条船，纤夫们弓着腰，尽全力拉。拉完第一条，再拉第二条，这样全部船队都越过了这个瀑布。

我有一个前所未有的感觉，好像我知道这种生活，觉得这才是真实的生活。在美国，我们开汽车，过舒适的生活，寻求快乐，追随欲望。我觉得那反而不是真实的生活，那是人造的东西，给人以肤浅的快乐。这里的人们过着脚踏实地的生活，而且他们从中得到真实的快乐。他们笑着，互相开着玩笑，在用力时，他们就唱。我进入了一种简单、土气、艰难的生活。这是一种生活方式，在其中柔和舒适没有地位。这些人有悠久而丰富的文化传统和道德伦理，几千年来他们经受了艰难和贫穷，学会了顽强和忍耐。但他们在辛劳时唱歌，他们的眼睛明亮而敏锐，他们脸上洋溢着真诚。

我开始研究玛丽，她是一个安静的姑娘，比我大几岁，目光柔和，带着幽默的笑纹。她的嘴唇抿着，说话很直率，很有逻辑，善于判断，很有常识。她是一个特别周到的姑娘，好意都写在脸上。从谈话中我觉得她对人的本质有透彻的了解。她思想深刻，能容忍。虽然有博士学位，却非常谦虚。我知道我交上了一个非常有价值的长远的朋友。

山溪两边的小路就是闽清县的南北两条主路，我知道我今后还会走这两条路，还有这个县的其他路。我会去县城、村庄和非常小的小庄子。这个县有20万人。我被分配去的医院（当时名叫六都善牧医院）在六都，那是这么多人口中唯一的现代医院。

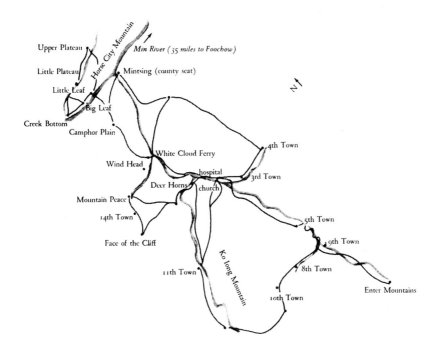

海门薇医生巡诊地区草图。玛丽·伊丽莎白·谢尔顿绘制

注：图中地名难以准确翻译为中文，故保留原样。——译者

我们经过了古怪的小村庄，古老的房子很可爱，房顶是弯弧形的，支柱是红蓝两色的。我们看到几个很大的竹制水轮，直径有 50 英尺，都在围着轴勤劳地旋转。那轴通到一个茅屋里，在那里它推动一个石锤舂米（这种设施闽清称车碓或水碓），用这种古老而复杂的技术把米脱出来。另外的一些水轮则把甘蔗打碎榨出甜浆①。

　　山溪两岸都是稻田和甘蔗田，绿得很浓。瘦得难看的黄牛，灰色的大水牛，黑色的猪和山羊在乱跑。背景上是很高的山，一个妇女跪在水边用沙子擦洗家具，另一些妇女跪在石板上搓洗蓝色的衣服。当我们经过她们的房子时，看到衣服晾在外边，绳子穿过衣服的袖子或裤腿拴在竹竿之间。

　　我们看到送葬的队伍，前面一个人打着红旗，另一个人在敲锣。第三个人在后面用竹竿举着红白两色的长幡。4 个人吃力地抬着黑色的棺材，上面铺着红毯。棺材后面是死者的邻居亲友，穿蓝色的裤子和上衣。再后面的一些人穿着麻布衣服十分悲哀。

　　我们还看到嫁娶的队伍。长长一队男人沿着小路抬着红漆的家具往新娘的新居走。玛丽解释说这些家具都要在婚礼前，在新娘到来之前摆好。

　　船往上走着走着，经过了二都、白云渡、十五都和鹿角村。12 个小时中我们始终伸腿坐着，背靠行李，直到在西面看到一座圆锥形的山峰。玛丽说那是柯洋山，正好在医院对面。我觉得心跳起来，腿不觉得痛了，甚至背也不痛了。我们就要到新家了。

　　随着溪水又转过一个弯，我们看见了一座高脚的无栏桥跨在溪上

---

　　①　闽清称"蔗厍"，红糖加工厂。——校者注

20

（名玉坂桥，即坂东桥）。右岸不远有一座古色古香的白色教堂（名坂西基督堂，1969 年拆毁造田），在柯洋山的脚下，左岸有个小村子（坂东村），紧挨着高脚桥。再远一点是一带灰色的高墙环绕着白色的房屋，这就是医院了。从岸边到院墙有小路，墙上有门，门上有篷。进门（右边）就有一棵大樟树①，繁茂的树枝一头伸到小路上，另一头伸到墙角。

一群人站在树下，还有更多的人跑过来。一个瘦高的穿灰西装的白人妇女向我们招手，她就是玛丽·卡尔顿医生。② 1894 年她离开了福州的医院，开办了闽清的医院。③ 她现在既老且病，但一直坚持着等年轻人来接班。我非常感动，她身体这么不好，却在这里坚持工作了这么多年。她身边的中国医生、护士、读经女、教师、布道者、仆人都一起来欢迎我。

他们的笑脸使我深受感动，今后他们就是我的同事了。我赶快上了岸，卡尔顿医生把我介绍给她的养女郑美娇医生以及其他人。我忍着眼泪迎着我未来的同事走进了我的新家。我巡视了医院，又去看西边的柯洋山和其他倒影溪上的美丽的山。一株姿态曼妙的柳树弯向溪水，柳条在风中曼舞。这是一个美丽的地方，我已经爱上了我的新家。

---

① 此樟树 20 世纪 80 年代起遭白蚁侵袭后渐枯死，2002 年砍除，在旁再植一棵樟树。——校者注

② 这里的玛丽·卡尔顿医生就是闽清六都医院的创始人，闽清典籍中称为兰玛丽亚。之前茹丝遇到的向导也是玛丽·卡尔顿，但那是这个医生的同名养女。——译者注

③ 此处与下页的 1894 年可能有误。查考许多史料显示，玛丽·卡尔顿（即兰玛丽亚）在坂西村办妇幼医馆时间为 1897—1899 年之间，1902—1903 年间迁到坂东村上泰洋新建的医院后，改名"六都善牧医院"。另有史料记载，薛承恩牧师在闽清传教时曾带卡尔顿来过六都（她在福州马高爱医院工作），薛于 1895 年去世。所以后来她为纪念薛当时倡导开办医院"遗爱在民"，将医馆称为"薛承恩妇幼医馆"。——校者注

# 第二章　医院

　　那一晚我们围炉而坐。我问卡尔顿医生她为什么选择到六都来。她说，她下定决心要把一生都献给中国的医疗事业，从医学院毕业后，她根本就没有申请在纽约的行医执照。传教董事会把她送到了福建的马高爱医院，她在那里工作了许多年。有一次，她陪同年迈的纳坦·塞茨医生（薛承恩牧师，1830—1895）到闽清来讲道，随后的几天里他们被一千多寻求医治的人包围了。

　　闽清县缺医少药的情况惊住了卡尔顿医生，于是她放弃了福州的工作到这里来。她是和养女玛丽一起来的，那时玛丽还是个小女孩。她先在坂西村"道科厝"租了几间屋用作诊所，不过条件太差了，房顶漏雨，下雨时要用伞遮住病床。

　　卡尔顿医生回忆说，有一天一群暴民聚集到诊所外面，说："我知道你们在干什么，你们把娃娃的眼睛挖出来煮了做药！"感恩的病人出来说服了那些暴民。逐渐地，她赢得了社区的尊敬。

　　1894 年，她从王家买了一块地（在坂东村上泰洋），开始建造现在的医院。先建了一座结实的砖砌的女病房，包括卡尔顿医生自己住的地方。后来建了一座中式的木楼，两层的还带围廊，给护士们住。后面还有一所老式的中式房屋，与护士住所之间由墙隔开，在那里面安置了几个男病人和医院的男性雇员。

睡觉的时间到了，"火花塞"领我去浴室。卡尔顿医生这样叫她是因为她总穿着一层层的棉布衣服，就像流行喜剧里的火花塞。她丈夫是这里的厨子，被叫做 Barney Google。①

第二天是个寒冷的阴雨天，我只想挨着炉子取暖，但卡尔顿医生叫我去看医院的环境。整个院子都围着灰蓝色的 15 英尺高的墙。全院分四个部分。在前院，北边是个可爱的花园，种有紫罗兰、香月季及橘子、香蕉和桃树，后来我还发现了一棵番石榴树。院墙外是一个茅屋小店，靠近溪水和西山。卡尔顿医生正在盖一栋二层楼作为医生住所，② 很快会完工。

穿过一个小门就是后院，西北角上有一座肮脏老旧的中式房屋，这就是男仆和男病人住的地方。这地方很糟，一个大房子很黑暗，地是泥地，房顶椽子上结满了蜘蛛网。床是粗糙的木板搭在木架上，床上是病人自家带来的肮脏的被子。每个病人都有老婆伺候弄饭，有一个人有两个老婆。

另一个小门夜里锁着，穿过它就是护士宿舍。这个二层小楼比男部干净多了。竹架上晾着衣服。小厨房里有泥灶，护士们在烧饭。厨房门外有个大木槽，大家都在那里面洗衣服。小院里有开花的灌木，还有一棵大橄榄树。

前院的另一头是女子病院，是有玻璃窗的二层小楼（中式的窗一般只有木窗板——编者）。女病人睡古董的铁床，也有亲戚给做饭，因此

---

① 火花塞和 Barney Google 都是美国 1920 年代连环漫画里的人物。——译者注

② 恩兰楼，现仍在，为砖木结构中西合璧，卧室有西式壁炉等设施。——校者注

像花盆似的小砂锅在两个住院部外随处可见。病人的家属就用这种锅子在炭火上烹调。

护士们还常常用木头的蒸笼，放在大开水锅上蒸。早上每个护士会放一小袋米在蒸笼上，米袋上写着名字。① 在中午她们会用一点油炒切得很碎的蔬菜，加肉汤或者酱油。然后把自己的饭袋拿出来就着刚炒好的菜吃。那菜好像比我们美国人做的菜好吃多了。

当我们回到医院女部时，我已经在考虑，有朝一日我们要搞一个公共厨房和饭厅，面向全体病人。而且要拆掉那个难看的房子，在原地建一个干净的楼房，容纳更多的病人。现在的设施只能容 10 个病人，我想让它能容纳 30 个以上的病人。此外，我们需要手术室、实验室、X 光室，有电，有暖气，有自来水。我从来没想到世界上还会有这么简陋的医院。后来几天就像一场很坏的梦，我简直没法消化我受到的震惊。

还有一样受不了的是气候。我生长在新英格兰，适应不了闽清的天气。这里有时很冷，冻得我手发紫手指发白。手、腕、耳朵、鼻子、脚、脚趾都会生冻疮。火花塞干什么都用一只手，因为另一只手要拎一个火笼，② 就是竹篮里面盛了一盘火炭。气候特别潮，衣服、鞋子、书都长霉斑。不下雨的时候就要把它们拿出去晒。湿气弄得我骨头疼。

医院的条件使我吃惊，寒冷使我发痛，语言障碍更使我困扰。与人

---

① 这种米袋闽清称"加子袋"，系一种干草编成的袋子，装入米后，放在开水锅中蒸煮熟，这种饭称"加子饭"，用这种草袋蒸煮的饭有一种特殊的香味。——校者注

② 火笼，系闽清农村过去常用的取暖用具，由竹篾编制成圆形，有手把，内有小陶盆，放木炭和草木灰，可提着或放在床上取暖。——校者注

不能互相理解是很痛苦的。过了好几个星期也没有找到一个语言教师，我觉得与世隔绝，闽清好像是世界上离我家乡最远的地方。当然，卡尔顿医生说英语，附近有一个叫十八坂的村庄，那里（有个教会办的毓真女子学校）3 个女传教士也说英语。但这毕竟太少了，我觉得像被关了禁闭。这里没有收音机，上海来的报纸是两周前的。新书很少。而且一年的薪水只有 700 美元，怎么买得起书？除了我带的留声机就没有音乐。有时我非常怀念大洋彼岸的熟悉的世界，这种怀念是如此强烈，我的眼泪不由得夺眶而出。

在第一天，尽管觉得震惊，但我还是跟着郑医生转她的管区，走到她的诊室。这使我有机会了解那些帮助我的人。有郑医生翻译，我开始了解贫穷、愚昧、迷信和恐惧产生什么样的后果，如何影响他们的生活。我觉得他们的精神发展和经济的改善都很受限制。他们的背景与我相差太远，相隔鸿沟。我怎样才能跨过这个沟呢？

一个晚上，卡尔顿医生问我对她的医院和工作有什么看法。我刚到这里，不习惯中国的情况，而卡尔顿医生从我出生那年就已经在这里。她上的是早期的医学院，那时还没有显微镜，她已经尽力而为了。我如果说出我的震惊和失望并没有好处，而且会伤到她。我很犹豫，然后尽可能从小事开始说。"处理伤口感染不带手套不行"，我大胆地说，"那样对病人不安全，对医生也不安全。"

"有道理"，卡尔顿医生答道，"不过我毕业的时候还没有橡胶手套，这些年我也一直没用它们。"

我愣了一刻，又接着说："我觉得我们应该着手搞一个简单的实验室来做尿样分析、血检和涂片检查。"

"我明白你应该有这些。"她温和地说，"不过这些都需要钱。"卡尔顿医生解释她从教会那边为医院争取钱的困难。教会委员会里的那些人总是认为传福音比医疗重要。我想起我跟董事会的那次会见，我知道要学圣经再努力些，因为不久我就要为医院向他们要钱了。

"我们一定要用纱窗把窗户封住"，我鼓起勇气说出自己的意见，"那些肮脏的苍蝇爬过病人的可怕的疮疡，然后又来爬我们的食物。"

"这我永远不同意。"卡尔顿坚决地说，"纱窗挡住空气。我们的床有蚊帐，但纱窗我们永远不需要。"

"那么给手术室装纱窗怎么样？"我看我的纱窗计划受挫，就另提问题。

"我一直想我们可以冲洗那个老牛圈来使用。"她轻声地说，"至于电，我们几年前装了一个发电系统，但是它不工作。我们必须从上海找个人来把它弄好，那我们就有电灯了。"

"太好了"，我不禁欢呼，"然后我们还要有自来水。"

"若干年前一个朋友从美国寄来 1000 美元让我们搞个磨坊，这钱一直没用。我一直想用这钱买个电泵。我们可以造个水塔①每天用我们的井水把它灌满。"

被卡尔顿的合作态度鼓舞，我又说："我们需要有个男病房，我不懂为什么他们总住在这么差的一个地方。"

"我很高兴你想到这个。我想我们可以找到钱给他们建一个适当的房子。我一直在等，有一个人来接我的班，就可以进行这件工程。"

---

① 过两年医院用钢筋水泥建造了一座十多米高的圆形水塔，供应全院用水，并成为当时医院乃至全县最先进的一个标志性建筑物。该水塔 20 世纪 70 年代以后停用，2004 年才拆除。——校者注

1924 年 2 月阴冷的雨天很快过去了，我完全投入工作之中。在我每天巡视病区时，郑医生给我讲病人的情况和背景，翻译他们的意见。渐渐地，我开始了解和熟悉环境，对病人理解了一些。我们之间的鸿沟缩窄了。

　　王大爷来自十一都附近的村子。他是人们用滑竿①抬来的，他的膝盖肿痛了许多年。他说："我瘸得厉害，下不了田。我只能补竹篮、木桶、牛轭，或者拄了拐棍去晒谷。先是一个膝盖肿，后来两个都肿。"当地的和尚和算命的治不好他，最后他决定来试试"洋鬼子"的本事。他把脏兮兮的被子铺在又旧又破的床上，护士给他量体温。

　　"这个药好，我觉得好多了。"护士从他嘴里拔出体温表后，他说。

　　旁边的一个人笑话他说："这不是药，这是量你热度的东西，这个玻璃棍上没有药。"

　　王大爷顽固地说："不管怎么样，我就是觉得好。"

　　我们两个医生问了他的病史，做了体检。我们离开后他对其他病人说："我病在膝盖，可是她们查我全身，还问我很多傻问题。"我们拿了针回来给他的膝盖抽液。我们按照最近的《中国医学》的建议，给他注射了鼠疫疫苗。

　　"难道我膝盖里的水值钱吗？她们要它？"他问同室的病人。

　　"她们要用显微镜查你的水。"其他人告诉他，嘲笑他的无知。有人已经在这里一星期以上，明白所有这些事。

　　我记得那一天，他又上了滑竿，准备回家了。他的兄弟来接他，很

---

　　①　在闽清俗称"菟"，由竹制靠背椅加两条竹杠作为枪杠，椅下悬一踏脚板即成。——校者注

惊讶地看到他能走了，关节不痛不肿了。"这些医生好聪明啊。"他对王大爷说。

"是啊"，王大爷说，"他们治什么病都用酒啊。"

有一个农妇带她 10 岁的儿子来，腹胀如鼓。她说："这孩子完了，他肚子痛了好多天。我听说蟑螂粪有用，但是找不着，于是我就用老鼠粪，但是没有用。"

我发现这孩子的腕子被割过，就问郑医生。她说，这是那里的风俗，割腕子是为了让肚里的虫子流出来。

我们留这孩子住了好几天，给他打出了无数的蛔虫。他回家时肚子是平的。我记下了这事，以后可以用作健康教育的材料，教育这县里的20 万人。

有一天一群妇女跑进院门，抬着一张椅子，椅子上是一个病得厉害的男人。我从窗子里看出，这是一个麻风病人，周身浮肿，左脚已经完全被此病吃掉了，成群苍蝇围着他的残肢。"如果你们能在 3 天内把他治好，我们就把他留下来。"这些妇女大声说。

"他病多久了?"卡尔顿问。

"7 年了。"妇女同声嚷道。

"那你们该明白，我们不能在 3 天内治好他。"她平和地说，"如果你们每星期一次送他来打针，可能我们能帮上他一些忙。"

"我们来要 8 个小时，我们不能每周抬他来。你们必须保证在 3 天治好他，否则我们把他抬回去。"一个妇女尖声说。

显然我们不能保证。妇女们不再作声，给病人买了几块热糕，就带他长途跋涉回家了。我想，我们有一天会为治疗麻风做些事。

一个女人送来一个 6 岁的女孩，她的阴部被严重割伤。"谁对这个小孩干了这个？"我愤怒地问。

"这是我儿媳妇，我惩罚了她。"女人很猖狂地说。

这里养童养媳很普遍，这比娶新娘便宜得多。女人喜欢用家法管教和训练童养媳。这个女人就是用剪刀"惩罚"了这个女孩。

我们收了这孩子并且请来她自己的母亲。我们说："我们想让你看看那个残忍的女人是怎么对这孩子的。"她母亲惊呆了。还好，她有足够的钱把女儿买回去，但是多数童养媳没这么幸运。

一天我们的门童上气不接下气地跑来说："来了个女瞎子。"

郑医生和我出看到一个疲倦的老女人坐在门童坐的木架上。我们询问她的情况，问她吃东西没有，是不是走了长路。

"走了3天，3天。"她用衰老的声音说。她小脚穿红鞋走了3天，她一只手扶着10岁的孙子的肩膀在狭窄的石头路上走了3天。小脚在石阶上上下，走过摇摇晃晃的溪桥，我可以想象这对他们两个都很艰难。

"我这眼睛能治吗？"她急切地说。她有很厉害的沙眼。炎症造成倒睫，不断刺激眼球，使眼球肿胀，视力模糊，最后就会瞎。

"能治，如果你同意开刀。"

她结实的孙子说："奶奶太老了，她经受不住开刀。"

可是这老妇人自己说："我老了，什么也看不见，很糟糕。我宁愿让医生开刀。"

沙眼开刀不难。我们在她的每个下眼皮切掉一条肉，然后把两边缝合起来。这样眼皮往外翻眼睫毛不再扫眼球，就没有刺激了。郑医生这个手术做得很好，我帮助她。几天后，老奶奶就能看见一点了。到她病好回家的那天，我们全体都出来到樟树下跟她说再见。我们目送她高兴地往上游走往九都去了。她不需要再手扶孙子的肩膀了。

29

一天，一个中年妇女（九婶）来后先解围巾，把她围在腰上的长蓝围巾一圈一圈地解开。我们好奇地看她动作。在她腰侧有一个洞，洞里搭出来3英尺肠子！她松手时，肠子就垂到膝盖。她说："6年前，我肚子痛得厉害，当地土医给我热敷。过了一会儿，一个肿块出现，就是你们看见的这个洞，后来我的肠子就出来了一大圈，直垂到膝盖。"

"后来呢？"我们问。

"我痛极了，半截肠子肿得越来越大。一个女人用头发丝绕在我肠子上，最后把它弄成了两半。肠子里的东西出来后我就不痛了。"她满怀期望地看着我们："这能修理吗？"

"能，但不是现在。如果你秋天来，我们就给你开刀。"我们对她说。我们需要购买仪器，建立手术室，训练一批人员。这个女人跟她的同伴回去了，一路上都激动地谈论着"开刀"治病。

病人从全县各处被滑竿抬来，甚至还有外县的。有的人走了好几天，有的是从上游或下游乘船来。那些坐不起滑竿乘不起船的人，就由强壮的亲戚背来。也有自己走来的。有人呻吟，有人忍着。人人都想得到治疗，多数人得到了。

我对医院的落后的失望感逐渐减轻了。那些遭罪的男人女人孩子都是对我的挑战。我不仅努力治他们的病，还要尽力给他们的生活送去阳光，还要考虑用什么样的方式才能帮助他们解除无知、迷信、文盲和恐惧造成的负担。我盼着有一天我们医院能负担起一步一步的改进计划，改善我们设备和技术的标准，使得我们的医护人员能满足当地人民的医疗需要。

# 第三章 新年

1924 年的 2 月是中国农历新年，这是中国人宴饮、拜庙、休息、家庭团聚的日子，也是他们抬神游行（即游神风俗）的日子。每次游行都先放炮，还敲锣打镲吹大笛。音乐很吸引人。这些都是中国人宗教的一部分，我对此很感兴趣很着迷。当一个游行队伍来到我们门前，总是鼓乐喧天。几个男子穿着平常的衣服，抬一个沉重的像衣橱的东西（称香亭），上面放一面镜子，镜子下面烧香。这东西绑在两根竿子上，男人们用肩膀抬着这竿子走过狭窄的街道。后面抬着的泥菩萨，穿红袍，坐椅子，手拿扇子，还有菩萨的太太，跟他装束类似。

再后面是长长的一队少年，身着红白两色的裤子，提着红白两色的灯笼。每个游行队伍里总有两个"鬼"，高爷和矮爷。高爷踩高跷，长袍拖地。矮爷是两个人扮的，两个人钻在一个竹架里，外面盖上适当的袍子。女人指着这两个"鬼"告诉孩子叫他们听话，否则就要倒霉。

夜里游神最好看，街上的笛声和弦乐的声音在夜色中飘浮，不时被锣鼓镲和爆竹声打断。在队伍中人们提着黄的或红的大灯笼，把它们挂在弯垂的竹竿上。整个山谷都亮了，家家门前都挂着灯笼。

当我喜爱的游行队伍临近时，我却感到有些不祥。菩萨马上就过来了，周围光芒闪烁。后面随着一个大香炉，甜甜的香气笼罩着游行队伍的后半段，也飘到我们医院里。最后是一大帮孩子，有的坐在爸爸肩上，两只小手抱着大人的头以保持平衡，背后还有一只有力的手托住以防他掉下来。甜美的音乐，震耳的噪声、叫嚷和欢笑，闪光和欢呼，快乐的脸庞，还有神秘的低音。往往同时有五六支游行队伍在山谷里来来去去，抬神拜庙，往往穿过稻田，爬上山，队伍蜿蜒，像一串串发光的珠子。

在正月十五（其实延续到二月），妇女到祠堂去，这一天是她们的日子。我被允许访问了六都的一个祠堂。在院子中间是四头刚杀好并烹制好的猪架在木架上，后面是一头烹制好的羊。祭坛前面摆着许多烹调好的鸡，纸画的鸡脸安在切掉头的脖子上，一个摞一个直摞到房顶。各种尺寸和形状的糕也是一个摞一个。这些供品以后会被拿回家，在家宴上吃掉。院子里到处红烛高烧，屋里装点着俗艳的纸品。

我身边围了一大群好奇但不失礼的人，看我给祠堂里的每一件东西照相，除了穿红袍的泥菩萨（我很想照，但忍着不照，怕被说是不敬。——编者）。在外面阳光下，人们在炭火小锅里炸糕，另一些人卖小泥菩萨。有人在小方桌上赌博。过节了，人人都很快乐，我也觉得很享受。人们对他们中的陌生人很有礼貌。他们显得很聪明很善于观察，我发现他们是很有直觉的人。

在回家的路上我想他们可能有很多恐惧。他们的宗教里有地狱和魔鬼，有鬼和精灵，可能会把孩子吓傻。成年人可能受影响更深，他们崇拜土偶。穿行在山溪岸边狭窄的小路上，我默默地想，他们是把这些东西当做精神的符号吗？就像天主教崇拜马利亚的像，新教崇拜耶稣的像。我没有结论，但我知道这些人是追求真理的。

还有一个大活动是县里每年正月十八的大集（正月十七至十九 3 天），它举行的地点就叫十八坂，往上游一点，离那 3 个女传教士的毓真女子学校不远。那天天不亮就有许多人从我的窗前走过，挑着的扁担压弯了腰。我过后也去参观了。一个人蹲在自己的摊子旁边，用一块小石头敲打他收到的每一个铜钱听声辨别真伪。成筐的盘子从柯洋山另一边的十一都运过来。在这里出卖的还有扫帚、犁柄。成堆的各种形状和大小的竹篮到处都是。这里有锄头柄、药材根、糕饼等各种东西。大小刷子、铁锅和砂锅、牛轭。有人以物易物，有人付铜钱，每个铜钱都要用石头敲出响来以识别真假。这又是欢乐的一天，人人都很高兴，比美国的集市上的人们高兴。

在集市的一头，丁牧师和夏牧师摆放了座位轮流讲道，谁都可以听。他们挂起图表，生动地讲述沉醉于酒、歌和女人的不良后果。我很愿意在这里听和看，可是这里的听众不是很注意听他们的智慧语。他们的注意力更多地被在他们中间的洋女人吸引。

不知不觉很快年就过完了，玛丽·卡尔顿要回福州工作了。我跟着她爬上小船送她一程。玛丽是个可爱的姑娘，她的父母是卡尔顿医生早年在福州的朋友。她的父母突然死亡，留下 4 个孩子。老大结婚了，老二就是玛丽，卡尔顿医生收养了她。下面两个一男一女都是在传教会孤儿院里抚养长大，女的就是郑医生。玛丽到美国上了高中和大学并且可以有非常好的教职，但是她没有接受，而是回到福州领导公共教堂的活动，包括幼儿园、学校、母亲教育、圣经课和成人夜校。

在我们到达鹿角村之前，玛丽叫船夫把我放下。"这有点奇怪"，一个船夫对另一个说，"这个女人坐船下来却又走回家，哪儿都不去。"

我们的忠实仆人老蔡五拿着伞等我，陪我沿溪走回六都。路上遇到一个人跟我说话，我假装不懂，因为我不知有没有在路上跟陌生人说话的能力。他让我过去却截住了老蔡五。

"这人是谁？"

"医院新来的医生。"

"她从哪里来？"

"美国。"

"这是男人还是女人？"

"女人。"老蔡五试着在窄路上越过他。

"她多大岁数？"

"不知道。"

"她结婚了吗？"

"也不知道。"老蔡五终于把他推到一边越过了他。

我的中文老师还是没找到，不过玛丽已经教了我许多短语。当人们讲话时，我总注意听。所以我可以对话了。

蔡五没上过学，他家里很穷，离这里很远。他有着与生俱来的智慧，混合着礼貌和优雅。这种特点我在其他中国人身上也看到。虽然他不识字，但他很可能能背诵孔子《论语》的很多段落，可能还有经典的剧本和诗词。即使是中国的文盲，也受到古代文献和道德规范的陶冶和影响，把它们接受下来作为口头的文化传统。蔡五刚来时是个病人，然后才决定替卡尔顿医生工作。他的父亲、兄弟、兄弟的媳妇和他们的孩子都死了。只剩他一个人照顾失明的老母，她还住在闽江上游一所老房子里。蔡五动作慢但是忠实，他说话结巴，总是用一个小毯子包着一条腿，腿上有慢性的溃疡。

玛丽离开不久，中国牧师布道者们来到六都开年会，他们想拜访新医生。他们按时前来，年龄大概三四十岁，身穿灰色棉袍，侧面开衩，黑缎夹克，戴瓜皮帽，帽顶有一个黑色的纽。通过他们袍子上的开衩可以看到他们的白裤子在脚踝处包紧。这是中国读书人的常见打扮。他们严肃地在屋里围圈而坐。有一个人用很好的英语发言："我在波士顿大学学习了5年。"

　　"我曾经离你很近，是塔夫脱医学院。"我激动地说。又找到一个联系中美的人真高兴。

　　他说："你需要做个发言，我替你翻译。"

　　我很吃惊觉得紧张，因为我不喜欢出头。不过既然我必须发言，那我就发一个。我站起来用中文说："我非常高兴来到闽清，而且会见你们这些尊敬的学者。我希望我能学习做一个闽清人。"然后我坐下，很高兴我说完了。

　　他们觉得惊奇、高兴和有趣，竟喊了起来，鼓掌非常响。他们中的一个人站起来作了一个漂亮的发言。他说希望我到他们镇去，结识他们那里的妇女，也帮那里的人治病。他说他看出来，我是他们真正的朋友。

　　这以后不久的一个早晨，我们被街上的嘈杂声唤醒，还有店铺门前的乒乓声，前前后后的奔跑声。我冲到门廊，看到男人、女人、孩子们拿着大包小包，抱着婴儿，拿着家具乱跑。人们是在往教堂跑。街上商人们在关店门，路上行人紧张地低语，火花塞笨拙地跑进来，上气不接下气，瞳孔放大，满脸通红流汗。她惊慌地小声说："北兵来了。"

　　我想不到部队到来会造成这样的恐惧。卡尔顿医生解释说，南军往上游退却了，北军追击他们。北军是敌军，老百姓怕他们抓挑夫，征军粮。

郑医生和我都上廊子上去望，不久，一队穿灰衣的人走过村子里已经无人的街道，沿着医院和溪流之间的路走。有些人受伤绑着绷带，有些人很疲劳，还有人有黄疸。有一个人的一只眼睛看不见东西了。每个兵都背一把沉重的枪，还有刺刀、毯子、牙刷、口杯、伞、搪瓷盆和肮脏的毛巾。军官们什么也不拿，在配有棕白色马鞍的马群前面轻快地走。他们边走边看我们，有些人皱眉头，用中国话说不好的东西。但是一个年轻军官站住了，面对教堂（医院当时做礼拜的小教堂）向我们恭敬地鞠了一个躬才继续前进。

　　军队后面是挑夫，他们被士兵从一个镇驱赶着到另一个镇。这些可怜人背着大锅和弹药箱摇摇晃晃地走着，背负的东西用绳子绑在他们的脖子上或腰上。他们彼此也被绳子串联着，绳头握在士兵的手里。一个可怜人筋疲力尽，跌倒在路边，一个兵用枪托打他。这个挑夫只好跌跌撞撞地走，手抓着马尾借力，兵就用鞭子抽他的手腕。这个单人行列从医院门口过了一整天，卡尔顿医生下令紧锁大门，禁止进出。傍晚过了一群衣衫破烂的人。"天哪，这是些什么人？"我问卡尔顿医生。

　　"随军的，性变态，就好像太监。"她说。

　　第二天，医院又开了门，人们抱着娃娃，带着包袱、家具回了家。这个新年正月才算过完了。

# 第四章　春天纪事

3月，三都的刘牧师来拜访我们，请我到他们镇的教堂去开诊。我们3个医生和护士们装了3大竹篮（箩筐）的瓶子、盒子和罐子的各种药膏、药粉和药片，还有牙科钳子和其他仪器。这时我来闽清已将近两个月。我还没有语言老师，不过我想我可以走着瞧看我能做什么。

这3里路郑医生坐滑竿，但我宁愿跟一个见习护士小伙子走。在路上他教我事物的名称，而我告诉他英语的名称，这样我们都有长进。我望着美丽的田野和稻田中间狭窄弯曲的道路，四周高山围绕，我很想爬过山去看看那边。

刘牧师在教堂（旧名福音堂，现称三都堂，在坂东镇楼下村）欢迎我们。教堂是个泥屋，刘牧师在里面住，大房间教友聚会用。他领我们走进破烂的大门，给我们端上热茶。然后我们开始工作，把罐子、盒子、瓶子、仪器、绷带等铺开在小院的一张长桌上，成群的人、教友和邻居在旁边看着。

许多不同年龄的男女都到桌边来，我们让他们站成一队。但是随着每一个病人都跟来他们的娃娃、媳妇和婆婆以及邻居。许多男人挤到前排听病史和症状，这里没有隐私可言。病人只能嚷着告诉我们症状。她的声音必须高于尖叫的孩子和乱嚷的亲戚，还有那些帮她陈述病状的男人。有一个娃娃耳朵里全是泥，他年轻的妈妈说他只有两岁不能洗澡。

这一天我们看了四五十个病人，包括一些在我们的劝说下才诉说病状的男人。我们给他们一些药膏止痛，还有一些治其他毛病的药片，对一些事情给予指导。因为太吵，我们也要大声叫嚷。最多的毛病是疥疮、沙眼、肠寄生虫、脓肿、蛀牙和疟疾。病人中有农夫、船夫、挑夫、木匠、铁匠和小店主。

太阳快要落到柯洋山后面了，我们看完了病人，收好了竹篮，上路回家。我累坏了，走这3里路就是休息，何况风景很好。

3月底，我的语言老师来了。我叫他吴先生，才17岁，不爱说话，文雅温柔。他有一张高贵的脸，好看的手。他穿读书人传统的蓝布长衫。"这是我第一次离开家"，他可怜巴巴地说，"我的心很孤独。"他是福州人，到这里觉得是到了世界上很荒凉危险的地方。在我们的第一次谈话之后，他说："我必须立刻给妻子写信，我到这么危险偏远的地方来她担心死了。"

第二天早上，我给他找了桌椅，让他可以整天在医院坐着。只要看病时有一点空，我马上跑到桌旁学语言。我知道了，福州话每个音节有7个声调，每个声调都给予它独特的意思。Sang这个音节在最高的音调代表山，低一点就代表伞，最后如果挑一下就代表"名"。第四个声调最后高一点，第五个开始高逐渐降一点。第六个开始中调，然后下降。第七个现在已经不用了，这使我非常感谢。第八个调最高最短。我真缺乏信心去区别它们。

吴先生花了许多时间训练我的音调。这种练习很残酷，既不出成果又受罪，我恨不得叫喊几声。后来我开始识字，这要有趣多了。汉字的偏旁常常在字的左边，它通常指明字的意思，而声旁指明字的发音。这样每个字就有两个线索帮助弄清这个神秘的符号是什么。但是我的老师不主张分析字形，说中国字就是要记，这是唯一方法。我可以自己去分析，但不是课上。这使我很绝望，因为分析是我生来的学习方法。在中国这里我只好硬记，但心里不服气。

我发现代表嘴的偏旁出现在所有关于吃、喝、唱、说、骂等字里。代表木的偏旁出现在所有跟家具、房屋、树林、树有关的字里。含有偏旁衣的字包括了与服装、床上用品、棉花、绸缎、麻、帘幕有关的东西。手这个偏旁可以在与缝纫、洗衣、补衣、建造、制造、烹饪、清洁、写作、击打等活动有关的字里找到。

句子的构成非常简单，简单到难以弄清它的意义。对一句话要研究半天才能决定它的意思，即使明白了，它还是可以有多种的翻译方法。

有时吴老师会走神，眼睛轻轻地闭起来。这不用吃惊，一连两个小时训练一个傻乎乎的外国人学七声调，谁也忍不住会走神。我努力把脑子充满枯燥和转瞬即逝的字体形象之后，也是要走神的。可是纪律必须维持，当我出错或者跳过一部分的时候，他的一只眼睛就会睁开一条小缝，好像看见我脸上有什么奇怪的东西似的。无论如何，如果他两眼全睁时，他就很聪明，在一段时间里反应很快。5 月底，我学了 1000 个字和 600 个医学名词，那是我从一本中文护士课本里挑选的。

我到六都已经两个月了，卡尔顿医生第一次允许我晚上独自出门。我去十八坂跟那 3 个女传教士一起吃饭。她们的守门人是个干瘪老头，长得像《罗密欧与朱丽叶》里的那个化学家。"你身体好吗?"我很有礼貌地问。

"万幸，万幸。"他满脸堆笑地回答。

"如何万幸？"我问，竭力要用上我刚刚学的懂人和被人懂的能力。

"因为我不打抖。"他高兴地回答。

这是一个阴冷的雨天，他只穿了一层布衣服，赤着脚走在冰冷的砖地上。他一个月只挣 6 美元，他的伙食只是白米饭和一点蔬菜，可是他觉得很幸福。

我穿了两件毛衣还有厚外套，可是当我站着跟他说话的时候我打抖。我有各方面的物质保障，但我并不是总感到幸福。我从小就在宗教中长大，可是宗教使我烦恼不安，对我施加无声的压力。在这里我很孤独很隔绝。生活很复杂，我还没找到答案。我与"只要你信仰，你就会得救"的信条渐行渐远。信什么？信耶稣是处女生的？信犹太人是上帝的宠儿？信耶稣是为"救"我们而死？但是即使一个人相信了这些，这些怎么能算是他的宗教的核心呢？宗教的基本点是什么？我不知道。可能某一天我会找到答案。现在我的宗教就是我的医疗工作，在这里对它的需要太迫切了。

# 第五章　生病

1924 年夏天，我开始一次次地发热和肚子痛，卡尔顿医生很担心。我们决定到鼓岭去避暑。盼望在清风中休息的感觉太好了，还可以听海浪的声音，不必每天学习。我们在 5 月中从六都出发，一行 4 条小船，同行的有吴老师、Barney Google 和火花塞。我们带的行李堆起来就像座小山。我一直盼着顺水下行，因为来时从瀑布爬上来那么艰难，还想体会一下顺着瀑布往下冲的感觉，但是很不幸，我发着高烧，肚子越来越痛，只能在船底躺着。

大约凌晨两点，我们的两个船夫开始交替唱歌。在我听来，船头那个好像是唱"我有小肠疝气，我有小肠疝气"，而后面那个好像是唱"我要好啦，我要好啦"。然后船头的那个再重复他的呻吟。

过了一会，我们听到岸上大概 200 英尺开外有尖叫和大声哭喊的声音，船夫们霍地站住了。

"什么事？"我惊慌地问。

"土匪在抢劫一个村子"，他们压低嗓音说，"莫作声。"

我们一点声也不敢出，船无声地漂浮着。我想男人可能被杀，女人可能被强奸，无助的孩子被杀死或殴打或带回去当土匪。这里的生活很苦，但还能忍受，可是这个小村庄怎么能受得了这种外加的摧残呢？

又往下流淌了一段，忽然岸上有人喊："你们船上装的什么货？"

船员没回答，用拳头捅捅我们的跑腿庄清。"船上都是医生。"庄清对着黑暗大声喊。

"走吧。"岸上回答。

到了福州时，我已经病得厉害，4个大汉用担架把我抬到马高爱医院。我在那里一动不动躺了很久很久，只要一动就更痛。我静静躺着，就像一只冬眠鼠。开始他们按伤寒给我治，后来有人发现了阿米巴，就按这个治。我不能说话，但总想："他们为什么不给我按疟疾治呢？"闽清的疟疾传染很厉害，恶性的和异常的都有。可是再一想，那么多苍蝇叮病人的伤口，又飞到我们厨房里叮食物，传染上阿米巴也十分可能。我非常盼望有纱窗，考虑如何才能得到它们。

卡尔顿医生急了，她把我送到 Tai Maiu 女校①，就是我1月来时拜访过的。在那里我躺在楼上的一个高屋顶的大房间里，有宽大的窗。一天晚上，楼下有祈祷会。一个传教士向主祈祷，希望不要下雨，这样他们一两天之后的社区祈祷会来的人就会多。另一个女传教士祈求主降雨给病人带来凉爽。我就是一个躺在床上动不了的病人，所以我也帮着她祈祷。第二天大雨如注。我房间里的病人很享受这份凉爽，但有人可能要不高兴那个求雨的传教士了。不过很显然，上帝愿意听她的话。

我还是一动不动地躺着，似睡非睡，不过我的心和耳朵注意着周围

---

① Tai Maiu 女校应是太庙女校，原址是唐宋府学兼孔庙，明清贡院和督学道署。民国后成为女校。后来是福州第一女子中学、福州延安中学。——译者注

的一切。卡尔顿医生非常关心我的情况，有一天她坐在我的床边，叫我去鼓岭，说那边的空气新鲜凉爽。第二天早上，一抬长竹椅来了，抬工用结实的绳子把两根长竹竿绑在椅子上。他们给卧具、衣物、食物等所有到鼓岭度一夏的东西都称了重量。第二天清早我们的队伍就出发了，经过福州狭窄的街道又走上田野。在我们后面都是穿着蓝衣服的人，他们的棕黄色扁担挑着东西上下颤动。

在石头路的两边都是成熟了的金色的早稻田。母亲们跪在小河边洗衣，然后放在红色的篮子里。光着身子的孩子们在野地里跟猪和鸡一起玩耍。我们遇到一队穿灰色军服扛长枪的兵。一个书生穿着白色的长衫摇着扇子慢慢地走在小路上。男男女女身着蓝色上衣和裤子来来往往。

有时我们经过小村庄。为了省土地，房子盖得很挤。道旁有个小店，肉吊得高高的，柜台上堆着各种糕点。另外的店卖偶像纸（可能是用于祭祖先、祭奠死人时焚烧用的"斗钱"① 或印刷的"灶公图"等图像纸）、衣服、成匹的布、碗碟和鞋子。在某些地方有小小的理发店。在一个小村里，工匠在凿刻木头的佛像。

前面出现一座大山，颜色像巧克力蛋糕，轮廓边缘上的石头在阳光下闪耀。几小时后，我们开始爬陡峭的石阶，这石阶在山上蜿蜒，在光秃的悬崖处消失，有时又隐没在松林中。我的 4 个抬工身穿粗布短裤围着蓝手巾，这手巾在凉时当帽子，不过这时它们被绕在抬杠上垫他们的肩膀。

我们吃力地一阶阶向上行走着，空气越来越清凉。他们停下来，给我盖一条毛毯，这时我们已经高出福州谷地很多了。下午我们到了。这

---

① 斗钱又叫斗钱纸，用于祭奠逝者时燃烧的纸片。——译者注

是一间松林中的石屋，位于一块舌头状的地上，三面都是很陡峭的山谷。这儿的空气凉爽新鲜清香，对我的身体好极了。我开始有了胃口，上了饭桌，之后又凭着我软弱的腿走了出去。吴老师来了，我们坐在门外的棚子下，又开始了每天的学习。

我开始回想我在中国的所作所为。传教士们从福建各地来看我。我不断地被他们对工作的热忱所感动，他们无私地把一切都奉献给转化异教徒的事业。我应该认为他们是非常勇敢的人，愿意为事业献出生命。我不知道我有什么问题，因为我对转变他人的宗教提不起热情。我觉得他们的宗教可能在许多方面跟我们的一样好，可能对他们更合适。我来中国的目的不是除掉别人的信仰，那信仰是别人探索到的，使他们感到安全的。我就是想给他们治病，以某种方式帮助他们发现有关他们身体、心理、精神的健康的自然规律，使他们能够更好地保育他们的儿童，使孩子们获得更好的发展机会。这就是我可以带给他们的真理，至少这些东西我知道答案。此外我们可以从中国人那里学到很多关于生活的东西。

我又发热，肚子又痛了，这毛病一次次地复发。我回想我在闽清这3个多月里遇到的所有非典型疟疾病例，我在绝望中给自己开了奎宁，居然有效。很快我就恢复强壮了。

这下我可以回拜其他传教士、上教堂、聚会和野餐。在一次野餐时我们到了山顶上的田地，那里种着稻米、红苕、花生和茶树。我们看到挑着重担的男女，担着木头、木炭和米。一个女人扛着一根巨大的木头，我们不知道她是怎么上肩的。

野餐场地周围有些巨大的黑石头。我们席地而坐，望着山下的深谷，那里有一条蜿蜒的小溪，溪边有个非常小的村庄。长满了薰衣草的层层叠叠的山脉把影子投到远处变成永恒的蓝色，又在地平线附近变成模糊的灰蓝色一直延伸到海。

吴老师和我每天早上学习，好奇的人们静静地围观我们直到学习结束。然后我们合上书本，抬起头来看周围古老美丽的刺绣、漆盒、景泰蓝瓶子、琥珀珠子、玉器和其他珠宝银器、各种各样的花边。这些美丽的东西使我对中国人的艺术品质充满了尊敬。这些人欣赏自然之美、音乐绘画之美、文学之美，还具有谦恭的态度。但是我买的不多。当周围有人饿死的时候，我怎么能把钱花在这些地方呢？当周围的人一无所有的时候，我怎么能放纵自己的癖好呢？我只买了几件东西作为圣诞礼品。

9月初，卡尔顿医生认为我的身体好转可以回闽清了。她让我到福州再跟玛丽一起住几天，看在零海拔时身体如何，然后再回闽清。

另一个传教士和我一起坐滑竿进城，然后换乘人力车。在经过千年桥时，我们看到几匹小马疲倦地拉着很重的车。当我们经过一排漂亮房子时，我的同伴对我说："这些是坏地方。"这提起了我的兴趣，我注意到一长溜人力车和马车停在这些房子前面。

我们驰过暗色的水关进了城，这里条石铺成的道路已经过几个世纪的磨损。我们拐进了玉街，那里所有的店铺都卖玉器和花瓶。从街角上拐弯就进了当铺街，那里的店铺都卖旧衣服。街上到处是乞丐，破衣烂衫地躺在排水沟里呻吟，手里抱着瘦弱的孩子。前边还有些少年在铁匠铺或木匠铺门前卖力地工作。街上飘着写有店铺名字的大红招子，给这个场景增添了色彩。

天晚了，当我们经过高墙夹起的狭窄曲折的街道时，四周只有些微光。街上高悬着一个黯淡的中国纸灯笼，水果摊上有摇曳的烛光。我从旁边一个庙门看进去，在镀金的祭坛前，火把的光下，有些严肃虔诚的人们。镲和皮鼓的声音给这仪式增添了神秘的气氛。我们最后拐进了贵族气味的南街，到达了玛丽居所的大门。

这所精美的房子是一个高官所建，在1915年它被教会用作家庭中心。现在它是"高级交友教会"——一个基督教的社交中心。玛丽带我去看图书馆和家长阅览室、青年女子缝纫和烹饪班、一个有50个孩子的幼儿园、小学和婴儿浴室等。晚上这里的电影和讲座可容纳600人。50个学生在夜校学习，150个贫穷学生在学圣经。玛丽带着从容安静的态度和幽默感管理所有这一切。

在福州玛丽带我去过鼓山的佛教寺院和城里的孔庙。这次我们有机会去参观了一个政府办的孤儿院。这个孤儿院的管理很差，玛丽和我想把它接过来，修建好，给这些不受待见的、被忽视的孤儿们一个成长为有用公民的途径。这对当局本是一个很好的机会，但是由于贪婪和冷漠，他们错过了它。为这样一个事业我可以贡献我的全部生命。

很快我们的跑腿庄清来了，卡尔顿医生也下山来了。于是我们开始溯江上行，一艘大船载着我的新家具、大批新药和食品。第二天我因为有些发热就躺着，这时庄清闯了进来，眼睛瞪得老大："土匪，土匪，你们赶快出去现身。"我们觉得很奇怪，但是庄清的急促使我们来不及问。卡尔顿医生和我爬出去到船板上，其他人都躲在舱里。岸上站着两个持枪的土匪，还有4个人正在跟他们会合。他们端详着我们，示意船员们出来。

"他们为什么要看我们?"卡尔顿医生问我们的跑腿。

"他们问我船上是什么，我说是未婚女人。他们要看我是不是撒谎。"我们的老滑头解释说。他究竟是不是这样说的，我们就猜不着了。

当天夜里，我躺在船舱里一个床垫上，回味在福州的有趣日子。在佛寺和孔庙里，人们运用了美丽的设计和色彩，在世界其他地方，人们把大教堂弄得美轮美奂。而同时，他们却用杀戮来解决纷争。我想，在宗教的核心里，一定包含着人与人关系的非常重要和深刻的部分，否则它还有什么用呢？一个中心的思想是服务，没有它，宗教的意义和价值就不存在。服务是宗教的根本。但是还应该有更多的东西，我想那就是对人的信任，对人的巨大和了不起的潜力的信任，对地上天堂的确信，如果我们生活在正常的关系里的话。但是还应该有比这更多的东西。我盼望着某种神秘的东西，它能把这种对人的信任，这种理想的人与人的关系整合起来。再多我就想不到了。在我们溯闽江而上的那一夜，我躺在船上，处在完全的黑暗中。

# 第六章　秋天的活动

　　那是 1924 年 10 月，蓝色和金色的季节。碧蓝的山溪蜿蜒在金色的稻田中，流过繁茂的樟树下边不远处拥挤的村落（在樟树，也就是医院下边不远处村落的房子确实比较拥挤密集）。这是穿蓝衣的农夫收割金黄稻谷的时节。他们将割下的一捆捆稻把在谷桶上敲打后获得稻谷。他们把稻草集成大堆，就像我们在新英格兰堆玉米秆一样，然后把谷用大竹箩挑回家。女人在竹席上把谷摊开，晒若干天，干了以后就送去（水碓）舂。从早到晚，我都听到嚓嚓的舂米声，水车带动一根沉重的长臂，长臂举起一个小槌，有节奏地上下反复击打稻谷，直到舂成白米。

　　10 月也带来了鱼鹰（鸬鹚）。渔人坐在 3 根竹子绑成的小筏子上，身旁有个大竹篮。3 只黑色的鱼鹰在筏子上站成一排。每只鸟儿的腿上绑一根绳子，脖子上有个套子。我最喜欢看渔人悠闲地坐着而鱼鹰们轮流跳下水捉鱼，激起很大的水花。鸟儿可能回来得很快，嘴里叼着一条大鱼。它吞不下鱼，因为脖子上有套。渔人飞快地拿下鱼丢到竹篮里。渔人时不时地拿下套子，让鸟儿吃一两条鱼。

　　这个月是我们买冬柴的时候。一天我们看到水面上浮着一条"黄蛇"，这"蛇"由中等粗细的剥了皮捆扎起来的木杆组成。然后像炉子那么长的木头也漂过来了，到日落时河面就漂满了木头①。木头贩子跳到深及腋窝的水里，用长木耙把木头弄到岸上去。如果下雨，这些人就一手撑伞，一手使耙。另一些人乘小船巡视，把那些耙子够不着的木头弄上来。等木头上了岸，这些人就用木头搭成一个小房子，留下门的空间。他们就住在这小房子里头，用小砂锅做饭吃，直到木柴卖光。我们以一美元280磅的价钱买了冬柴。卡尔顿医生磨蹭了好几天才买，希望等那木头变干，可以轻一点。可是在夜里，我听到他们往木头上浇水，以保持它的重量。

1924年我来的第一个秋天我们扩充医院，那是很有趣的事情。我们买了橡胶手套和实验室设备。我们把一个小房间改成了实验室，还把一个旧牛棚洗干净，改成了临时手术室。手术器械订购了，正在运来的路上。我们训练几个男孩和女孩，希望他们3年后能通过国家考试，拿到国家的护士执照。

我们细致地面试每一个男孩，看他能干什么，潜力有多大。我在这些男孩身上没少下工夫。我教他们做感兴趣的事。我给他们解剖青蛙，说明其内部功能，让他们对人体生理有个大概的概念。我搜集图片来帮助教学。不久牧师的儿子侯弟乌就会拔牙了。当我让他独立操作的那一天，他咯咯直笑，小声说："第一次！第一次！"但事情并非都这么顺利。有一次我发现药膏该换还没有换，我批评他，他却幼稚地说："我

---

① 这种木头指煮饭烧火用的经锯断、劈开、晒干的松柴块，闽清方言叫"柴朋"。以前木块量多运输困难，常抛入溪中，利用溪水一路漂流，到目的地后再捞起卖。——校者注

以为明天换也一样。"他该学的还多着呢。

实验室设备到了，我们把它们装置在新开辟的小房间里，一个名叫斯蒂芬·刘（刘扬琚，1905—1994，坂西村人）的年轻学生在此工作。斯蒂芬是个 16 岁的聪明孩子，脸上总挂着幸福的笑容。他安静而温和，通常都很周到。他喜欢动物和一切生物。

当他 6 岁时，他寡居的母亲给医院做饭，养活婆婆和两个孩子。她住在医院里，她婆婆在祠堂看护两个孩子。有一次斯蒂芬病了，奶奶叫了土医和算命先生来看病，可是斯蒂芬不理他们。奶奶问他要什么，他说："你如果想我病好，就到医院去叫教堂姊姊。"斯蒂芬是长子，虽然小但说话有分量。显然他在去看妈妈的时候跟医院的护士长——一个缠足的老妇谈过话。他感到她的爱心和智慧。不久教堂姊姊就迈着她的小脚，挂着拐杖从摇晃的小桥和粗糙的石子路走过来了，她说服斯蒂芬的奶奶送这孩子去医院。他的伤寒后来就好了。

后来，斯蒂芬的妈妈也得了伤寒，但这次奶奶坚持用土法医治，结果妈妈就病逝了。这下子斯蒂芬需要奉养奶奶和弟弟，可是田里收的米只够一个人吃。奶奶让两个男孩子吃米饭，自己喝米汤。几个月后，她瘦弱得不成样子。一个星期天的早晨在教会活动的时候，教堂的走道上传来纷乱的脚步声，7 岁的斯蒂芬领着弟弟跪倒在卡尔顿医生面前求她救命，哭得很久很伤心。

卡尔顿医生收养了斯蒂芬，把他养大，还送他弟弟去读商业中专。奶奶因为长期的饥饿，也去世了。长大一些后，斯蒂芬去上高中，但因政局动乱学校关门，他又回到家乡。

我先教斯蒂芬做疟原虫的血涂片。他找护士们要血样，弄得人家很紧张才抽了血。他一连几个小时描画他在显微镜里看到的景象。他在短时间内就学得很专业，能分辨疟原虫的各种类型。他从我的血里发现了48小时疟原虫和72小时疟原虫。掌握了这个之后，我又教他分析尿样。后来他可以鉴别蛔虫、蛲虫和钩虫等寄生虫的卵。斯蒂芬对知识非常着迷，他很快就告诉同学，同学们也很感兴趣。甚至小孩子也来求他给自己化验。我想教他做组织培养，可是缺乏设备。但我为他写了一个简明教材讲培养牛痘、抗毒素、各种细菌等等。

医院的生活加快了。大家士气高涨，病人也越来越多。出现更多严重的病例，我很高兴我们有了手术室。三婶从十四都那边山里跋涉20里路赶来，她非常瘦弱，脖子上有很大的甲状腺肿瘤。

"我别的都不能吃，只能喝米汤，这样已经3个月了。脖子上的这东西越长越大，我什么都吞不下去了。这3个月我都不能躺着，只能坐在椅子上，头趴在桌子上睡。"

卡尔顿医生、郑医生和我讨论了她的情况。我说："她必须开刀，否则她会死。"

她们两个交换了眼色然后摇摇头说："如果你手术失败，以后就不能再做手术了。"

我一直听卡尔顿医生的，但是现在她处在困难的时刻，我要帮助她。我说："我觉得我应该试一试，如果郑医生能帮助我的话。"

在我们做这个手术的时候，全体医护人员都站在周围担心地看着，郑医生更是如此。他们都担心我的声誉。我切开皮肤，露出巨大的甲状腺，只把通往它的大血管结扎起来。病人顺利地经过了这一步，于是几天后我们进行下一步，就是切除大部分腺体。腺体非常大，下缘已经超过了锁骨，很难切除，试了几次终于成功。瘤子上有丘疹生长，可能是个囊肿瘤。虽然出血很厉害，但是我们缝合得还好。

看到我们把病人活着推出手术室，所有的护士都高兴得眼睛放光，这对我们就是奖励。我们仔细地监护她，怕出现严重的反应，但是没有。她恢复得很快，术后 7 天就长了 10 磅。她能吃固体食物，能平躺了，这对她真是一种幸福。到第十四天她跟我们说再见，又走很长的路回家了。我没有再见过她，但十几年之后我听说她生活得很好。

不久之后，九婶来了，她的肠子还是用蓝布包着。"你们现在能开刀了吗?"她着急地问。

我们切掉了她悬挂在体外的肠子，然后把留在腹腔内的部分也切掉了一寸。我觉得这样连起来就不影响排便。我把两端缝起来放回腹腔，在体侧留了一根管子暂时排便。九婶在恢复期里麻烦不断，但是她终于度过了。因为一个算命的说，如果她还留在医院里，3 天就会死，她的家人在她身体还很差的时候就把她接回家去了。在九婶最要命的那段时间过去之后，家人又把她送了回来。最后我取掉了外接管，告诉她这自己会长好。如果没长好，那过 6 个月再回来，我会把它缝合。她也没再回来，几年之后她的亲戚说她也活得很好。

这两个病例之后，护士们悄悄告诉我说："你现在出名了。"

# 第七章　骑小马

1925 年 2 月，我来这里已一年了。我们都站在樟树下往下游瞭望玛丽·卡尔顿的船，她是从福州来过新年的。但还有一件激动我们的事，卡尔顿医生已经申请并得到董事会批准，给我买一匹小马和一台打字机。有了马我就可以在本地区行走，有打字机我就可以给传教会写信了。玛丽在福州的朋友给我找到了一匹好马，这次会随玛丽一起来。骑马穿什么呢？我问郑医生。她认为到乡下去穿中式衣服比较不显眼，而且人们也比较容易认清我是女人。

第二天我们到店里去买布料，村姑们不但围观而且评论。"洋人知道买什么布吗？"一个说。"她们会穿中国衣服吗？"另一个问。"她们会要什么衣服？……她们最好穿西式的衣服……她们买布料干什么？"耳边听着这些评论，我们最后选定了一块铜棕色的料子做上衣，一块结实的黑棉布做中式裤子。

下午，沈荷撇着小脚走来做衣服。她是穷苦人，连肚子都吃不饱。在我来六都之前很久，她就曾为十八坂的 3 个女传教士做衣服，这对她是一笔不菲收入。但是后来她们发现她星期天也干活，这不是基督徒该有的生活方式，就不要她做了。

我星期天也干活。我能照顾病人，不懂为什么她就不能做衣服。她进来时高兴得容光焕发，因为有人需要她，而她需要钱。卡尔顿医生和郑医生都过来帮忙，别人也过来，因为我的衣服没有现成样子。怎样给一个大骨架的美国女人做中式衣服是个问题。等衣服做好了，他们都认为我穿中式的比穿西式衣服好看多了。

刚才插叙的是以往的事。我们现在都站在大樟树下往下游鹿角村方向望玛丽的船。忽然，街道上发生奇怪的骚动，人群聚集起来。我们看见一匹身上有斑点的漂亮蒙古马向医院的大门跑来。所有的医护人员和仆役都跑出来看。这是匹白马，头尾和两侧都有棕斑，脖颈粗而有弧线，耳朵短而敏感，修剪过的鬃毛，额毛下的眼睛明亮有神。虽然刚驮着马夫走了 20 里从闽清来，但他①显得精神十足，拿他精致的蹄子踏在我们门口的台阶上。

我第一次骑马行医值得回忆。马来了不久我们就搞了一次巡诊。护士香姊妹（黄秀萱护士，系斯蒂芬妻子）坐滑竿走，斯蒂芬步行，而我骑"派特"（啪嗒声），这是我给他起的名字，因为我喜欢他在我们的小路上奔跑的啪嗒声。从我们开始旅途雨就一直下，路上非常泥泞。可是派特跑得兴高采烈。当我们走在岸边高崖的时候，我们看见两艘小船发疯似的顺水往下冲。当它们接近一座桥的时候，因为水位很高，一条船被卡在桥墩上。脆弱的桥渐渐下沉，倾斜的船翻了，我们看见两个船夫被抛到水里。第二条船冲过去救人，一个人用篙把一个落水者拉到安全处，另一个船夫不见了。这个救援行为使我们很吃惊，因为这地方的人很少去救落水者。

---

① 茹丝用"他"称自己的马，这是匹公马。——译者注

当我们从高崖走到河边，这时离刚才出事的地方已经好几里地了。我们找到一座桥准备过河。因为暴涨的河水的冲击，这座桥抖动和摇晃着。我下了马，开始过河。过了一半马停下了，猛喷鼻子，眼睛因恐惧而转动，忽然，他一下冲进了河里，在湍急的水流里翻滚。我们站在颤抖的桥上恐惧地望着他。河水在拐弯之前把马冲到了对岸，他爬上岸，回应我的招呼。然后我们湿漉漉地爬上滑溜溜的台阶，在稻田间的泥路上挣扎，一次又一次地滑倒。最后我们到了夏老师的家。夏老师退休了，在我刚到六都时，他是医院的中文教师。

看见我们他很高兴，把我们迎进他的小院，他家的女人给我们上茶。然后我们开始了礼貌的对话。"尊敬的老师，你好吗？"我问。

"很好，谢谢你。"

"尊敬的老师睡得好吗？"

"好，睡得好。"

"尊敬的老师牙好吗？"

"谢谢，我吃饭好。"

"你的儿子们好吗？"

"我不成器的儿孙都好，谢谢你。"

他也问候我的身体，但是没有问我的牙，因为我还不到那个年纪。客套完了，我们讨论卡尔顿医生即将回美的问题和其他问题。最后我们要走，他把我们送出院门外。"走慢点，走慢点。"他微笑着说。

"回去吧。"我们边说边向他鞠躬。

这之后，我们继续湿而滑的征途去一个小村，病人已经在那里等候了。香姊妹和我拔牙，给痛处和伤处涂药膏，打疫苗和分发药品等。一切都干完之后，当地的牧师邀请我们吃了简单的中餐——米饭、一点蔬菜和肉。晚饭后来的病人更多，斯蒂芬一边快乐地跟病人聊着，一边举煤油灯照明，好让我们工作。

好几个小时里孩子哭大人喊女人尖叫，最后我很高兴终于可以睡觉了。我们睡在教堂的钟楼里，床是几块板搭在木架上。早上醒来时我也很高兴，因为床太凉了，热乎的早餐使我们复活了。早餐是粥，就像美国的 cereal，但不加糖或盐。我们的医疗队又冒雨跋涉去下一个村子，在那里打疫苗和处理各种疾病。这之后我们爬山登石阶。我的马将近700磅重，我怕加上我太重了他上不去石阶，所以自己爬。长时间上上下下爬山弄得我膝盖很痛。这一夜我们住在另一个教堂，给另一批村民治病和打疫苗。

简直像是一次冒险！在一个山村里，我们遇到一个优雅的妇女和她美丽的孩子们。她不是个山区妇女，她身穿绸裙，手上戴着有闲阶级的长指甲。病人还是像水一样地涌来，耳边是惯常的哭嚷和喊叫。可是忽然，当我看下一个病人时，屋子里静了下来。当这个男人离开之后，我问斯蒂芬怎么了，我说错什么了吗？

"没有"，他小声说，"大家都不出声，因为你刚才看的那个病人是个土匪。他参加了昨晚对十都村的围攻，杀了很多人。"

我惊得说不出话来。当地牧师挤过来小声问我，愿不愿意接着看其他的土匪。"我们看的是病人，不论他的名声、职业或者道德是否缺乏。"我也小声地回答。

土匪们马上都进来了，他们都是快活的年轻人，脸上挂着笑，腰带上挂着邪恶的左轮枪。不过他们都对我彬彬有礼，躬鞠得很低。有一个脖子上有贯通伤，另一个是腿被贯通。其他的伤势轻一些。现在清楚了，这里是土匪控制区，刚才那个漂亮女人和孩子就属于一个匪首。

56

在去九都村的路上，我们要渡过水流湍急的河，必须通过一座"马牙桥"。所谓马牙桥就是一列高而窄的石墩放在河床里，石墩的顶部高于水面①。现在水位很高，石墩只是稍稍露出水面。过河时，人们必须从一个石墩跳到下一个石墩。建桥时没人考虑到马怎么过桥，可是去年却有一支军队带马从这里过了河，他们是怎么过的？

我大胆地跳上了马牙桥，牵着派特下了水。他很胆怯，耳朵紧贴着后面皮肤。水足够深，他可以游水，这样我们走到了中间。忽然他翻倒了，一条腿卡在石墩中。我跳下冷水去救他，斯蒂芬喊附近的一个农民。那农民跑过来，我们一起努力把他的腿拔了出来。

到九都时我们又冷又湿，可是我们照样在教堂里搭起长桌，病人在桌前排队诉说症状。"说大声一点。"有人从房子后面喊，谁都不想漏掉一个字。有时病人的朋友或亲戚替病人喊出他的症状，因为他的声音太小或者记得不清楚。病症中有疥疮、沙眼、眼感染、疟疾、肠寄生虫和肺结核。这一天我们在九都看了 65 个人，我们叫其中的一些到我们医院去，那里的服务更好，力量更强。我们又给 35 个人打了疫苗，然后往十都走。

十都在山里，比八都、九都都高。又走了好几个小时的山路才到这个村子。这里刚被土匪抢过，几间房子被烧了，若干人被杀了。这村子遭难可能是因为这里的人没交或交不起当地军阀的高额兵税。人们从柯洋山的高山地区涌来，我们看了 120 个病人，打了 54 个预防针。这里也有许多需要到医院治疗的，我们告诉他们到六都去。

第二天我们到一个更高的村子去，围着一个深谷走了 15 里的羊肠

---

① 即石磴桥，此桥在七都隔，共有 102 步的石磴。——校者注

小道，每一步都不稳当，寒雨浸透了衣服，但是我们辛苦跋涉，终于到了一个老学校。管学校的两个人立刻给我们打扫出一间房子并且准备饭。在做饭的时候，斯蒂芬和香姊妹领我去参观一个造纸作坊。

"我家造纸已经好多代了。"那工匠自豪地说。从高山引来的水通过竹管充满他的几个大木水槽，一个水槽用来泡竹子，另一个里面炖了一些叶子。这叶子分泌一种油，它用来在第一个水槽里分解竹纤维，这个过程产生浓稠的黄色糊状液体。工匠用一张细竹篾编成的，像纱网似的好看的小帘子插进液体形成湿的一层纸，再把这湿纸从竹纱网上揭下来，贴到他炉子的泥壁上，这泥壁上贴满了待干燥的纸。烧炉子的燃料是山里产的蕨类（闽清俗称"荓"或"荓草"），"用这些蕨一把火就能烘干3层纸。"他说。我对这个已有百年历史的中国技术很感奇妙。

隔壁是一个草药作坊。老业主请我们进去，我们就去聊了好一会儿。他请我们抽长烟管，对我不抽烟感到很惊讶。我想起美国的印第安人也请客人抽烟，就想为了礼貌也许该抽一口，但是斯蒂芬和香姊妹都没抽，我觉得我不抽也就不算太失礼了。

第二天天刚亮，我们就爬陡峭的石阶路去十二都。爬了很久之后我们到了流经六都的那条溪的源头，在去九都的路上，我们曾跨过这湍急的溪水许多次。在我们身下的山谷里，农夫们喊着对邻居说，有个洋女人和小马来了。不久竹林里就骚动起来，许多人跑来看我们。他们对马比对我有兴趣，因为这里人从未见过马。洋女人虽然稀奇，但到底也是人。"她有眼睛哎。"一个人有点激动地说。"她还有耳朵。"另一个喊道。"她能听吗？……她懂中文还是英文？……她会吃饭？"不过这些人都很友好，请我们到家里去。一家人请我们喝茶，但没有茶杯。一个"爷爷辈"的大茶煲包在厚厚的套子里，放在桌上的一个木桶里，每个人都从茶煲嘴里倒茶喝。

最后我们登上了柯洋峰顶，如果天好，从这里应该可以看见70英里外的福州。因为我不知道前边的路，所以我爬山时觉得格外辛苦。山脉的另一边高度下降得特快，石阶更是变得十分陡。我走在路上觉得膝盖发软，不得不经常停下。派特很厌恶这种路，他原地打圈圈，还往回跑。

吃力地走了10个小时之后，我们到了刘亨汤先生的教堂（在十二都溪坪村，名崇真堂）。他非常惊讶我们越过了这个高山，而且还骑了一匹马。我们虽然筋疲力尽，但还是拽出医疗设备，给人看病直到天黑。我们打预防针、拔牙、听他们喊着说病史、检查病情、开药。

第二天破晓，我们去十二都。走了一两个小时就经过一个小村子，那里的人们请我们治病。女人们拿来条凳给我们坐，她们都围着我们站着。因为我穿着中式衣服，她们不怕我。她们摸我的手和头发，说各种讨好的话。

出乎意料，在我们医院治过腿的王大爷在这里出现了。他拽了一条板凳，站在上面对人们讲我的医德，有的是真的，有的是出于他的想象。"我的膝盖就是这个了不起的医生治好的，现在我可以爬梯子了。"他喊着说。说着他真拿来一个梯子靠在一个小店的店面爬上去。古老的抗鼠疫血清注射到他的膝盖里产生了这个奇迹。

在下一个小村，我们看人做蜡烛。他的作坊门外堆着大篮的白蜡果（系乌桕树的果实，种子黑色圆球形，含油，外被白色蜡质假种皮，可制油漆，假种皮为制蜡烛和肥皂的原料），作坊里几百根白蜡烛从天花板上挂下来。一口大铁锅坐在旺火上，扇火的是一个竹子做的风箱，且用洋铁皮镶边。蜡烛师傅用管子吹风保持火旺，然后用一根结实的草管插进翻滚的白蜡，再把它挂起来晾干。他给我们看如何染红色做红蜡烛。"从我的先祖就开始做蜡烛，做了几百年了。"他边干活边自豪地说。当然我们称赞他的技术，表扬他是个孝子，继承了祖宗的工艺。

在附近山头上有个红房子，现在是座庙。庙里祭坛周围摆放着红蓝两色的龙的图画、茶杯、钟和其他有用的物件。当时闽清人看时间都是看太阳，有些出过门的人才知道钟表，可是现在钟表摆在这么偏僻的地方。菩萨还是静静地坐着，可是他的泥胳臂已经断了，腿也碎了。

我说"菩萨病了"，想看看人们的反应，他们对神的态度。

两个抬滑竿的苦力和其他人都笑了，其中一个立刻接口说："医生，请给菩萨看病吧。"

在十一都，我们访问了病人，打了预防针，作了简短的关于健康和疾病预防的讲座。将来这种讲座会起更重要的作用。

第二天，草上的露珠还没消散，我们就启程回六都，途经一个瓷器厂。厂里有上千工人挤住在低矮的茅屋里。碗碟是在草棚里生产的，在一个草棚里，工人把黏土放到旋轮上，用手和一根小棍使它成型。在下一个草棚里，对旋轮上的碗刮削和抛光。在棚顶上，一排排狭窄的板子把碗夹住等画工来画，然后入炉烧。在一个敞开的房子里，女工们在给碗碟画花，她们的孩子们在泥地上玩。旁边就是窑，窑门很窄。许多工人停下来诉说他们的病痛，于是我们就在这个厂里搞了一个临时诊所。

我们从柯洋山的北缘小路回到了六都。派特不顾小路难走一直驮着我。他落过水，卡在桥上过——他甚至曾经从一个瀑布上跌下来，当然跌倒在稻田里的次数更多——但他总是爬起来勇敢地前进。如此这般，我进入了为周围广大农村的医疗需要而服务的领域，骑着我信赖的蒙古马。

# 第八章　小雷

　　1925 年 5 月下旬，卡尔顿医生是最后一次站在大樟树下面了。她注视着周围的山岭，这些山岭环抱着我们这狭窄的山谷，包括小小的村庄和美丽的山溪。她登上了将带她永远离去的小船。她要回美国退休了。在闽清待了 30 年之后，要回到一个她不再了解的国家，这对她真有点残酷。

　　她作了告别讲话，吃了送别宴。她收到的礼物从鸡蛋到鸡到写着钦佩和尊敬的话的条幅和名人的画卷。30 年来的病人和朋友都来看她。教师们、圣经班的女教师、布道者都来表示他们的钦敬。我不知道她怎么才能承受这离别的痛苦。她的生命因闽清而有意义，这里有她的朋友。

　　我们去鼓岭，她在那里可以避暑和休息，直到接她的轮船到达。卡尔顿医生老了，身体衰弱了，她独自承受离别的心痛。我不知怎样才能表达我对她的谢意，是她扶着我开始了我困难的工作。因为我去年生病，她不顾自己衰弱的身体又多待了一年。在我们相处的短短的一年半中，她教了我那么多中国的风俗习惯和思考方式，这对我是无价之宝，影响我今后的一生。她和玛丽很快就离开了鼓岭，太快了。斯蒂芬伤心死了，是她带大了斯蒂芬，她给了他巨大的爱。

当我们回到闽清时，已经有许多人等着做手术了。随后的两天我们天一亮就做手术。一个老年妇女是乳腺癌，我给她做了完全切除。我知道这太晚了，已经不能避免转移了，但是她的患处恶臭，她的家人没法忍受。手术后她的家人欢迎她回去度过余生。手术中我们使用了乙醚麻醉，这对我们医院还是新事物。

因为我以前答应了福州马高爱医院去给他们的一个医生替班，我又走崎岖山路到闽江，最后到了海边。福州的生活在某些方面是令人高兴的。我喜欢在条件好一点的医院工作，福州的病人也比较有趣，他们的背景多种多样。在福州的集市购物也是高兴的事，常常惊喜地遇到其他传教士。但是我来中国不是为了高兴，闽清多次叫我回去。

虽然我不再接受我儿时的宗教，但我确信一个人的宗教应该与为他人服务相结合。闽清的医疗需要特别紧急，我不可阻挡地被吸引到那些对外界毫不了解的人们身边。我想知道他们的感觉和想法，他们行事的特点。在福州这样的城市，传教士们跟中国人的关系很肤浅。他们总是不断地把美国生活方式带给当地人，认为这就是他们的福音。不幸的是，我认识的传教士们很少有想了解中国人的观点像中国人研究我们的观点那样认真的。如果要构建联系两大民族、两大文明的友谊之桥，那这桥必须是双向的。

但是我在福州一直工作到我替班的医生回来。此外，我还在等待黄医生（黄燕玉），她是我在费城实习时认识的。黄医生答应给闽清的郑医生替班，郑医生将要到北京学习一年。黄医生告诉我，她很关心她在老家的侄子和侄女。她家是搞银行和经商的，这两个孩子由仆役照管，无所事事而任性。他们的母亲过着闲适的富裕生活，父亲在上海银行里工作，两个孩子对父母都不大了解。黄医生想让一个孩子跟我在一起，就像我自己的孩子。当我在闽江边的福州罗星塔（在福州马尾区）会见黄医生时，有一个小姑娘站在她旁边。黄曾经问我想要一个女孩还是男孩，我说要女孩，因为中国社会不给女孩平等的权利。

在我们乘汽船溯闽江而上时，7 岁的小雷紧抓着她姑姑的手，脸上没有笑容。后来她告诉我，照顾她的仆人说，洋人是要把小孩的眼睛煮了做药的。

我们到达闽清时，樟树下聚了一大堆人来欢迎新医生。我们一头就扎进工作：诊所业务、病房巡视、护士培训、对仆役的指导。我们看着我们新的二层小楼逐渐盖起来，它是 L 形的，跟墙角一致。这座楼将要有电和自来水、病房和手术室。一楼给男性雇员居住。

所有其他事都完成以后，我们就弄花园，种植了草莓、番茄，移来可爱的英国紫罗兰，还种了蔬菜。郑、黄和我坐在我们的客厅里研读医学。

# 第九章　乐趣和冒险

并不是每晚我们都严肃地学习。我们的医护人员也需要学习怎么玩，所以我叫他们准备一个聚会。他们准备的节目包括两段圣歌、两段祈祷和圣经学习。受够了他们的"聚会"，我建议我们3个医生也策划一个。当护士们和布道牧师们来到了，我们开始演小品，他们很喜欢。然后每个人都要讲话，护士们说福州话，黄医生和布道家讲国语。我用英语讲了非常简单的一小段，因为他们都想听英语。然后我们玩抢椅子，个个高兴得脸都笑痛了。

随后我们在地板上点起一排3根蜡烛。"看仔细了"，我说，"我们会请一个人来蒙住眼睛跨过蜡烛。"我们蒙住巧手安迪的眼睛，悄悄地吹灭了他面前的蜡烛。看他像一只骄傲的公鸡高抬脚走过房间，我们都笑弯了腰。这以后我们玩了一个中国游戏，说一条经典语录，看谁能接上下句。我的老师说了一句我学过的语录，所以即使我也能对出下句。然后我们玩其他的中国记忆游戏，这个游戏证明了女人善于推理和观察，而男人善于集中注意力。人人都喜欢这种聚会，后来我们每周举行一次。

我们找了一小块地，可以在上面打羽毛球，中国人喜欢这种运动。不仅我们医院的人，而且村里的教师和一些传道人后来每天下午都来玩。10月和11月很快就在我们工作的劳逸结合中过去了。斯蒂芬从上海回来了，给男病房接上了电，安上了发电机。现在我们整个医院都有电了。

1925年12月可真冷。我们在客厅学习医学的时候都穿起中式的棉袄和棉鞋。聚会之夜不生火也暖和，因为我们非常活跃又笑又闹，平常的夜里我看了客厅的温度计，睡觉之前的温度只有华氏54度、50度，甚至48度，我简直不能接受这样的低温。虽然某些妇女在最冷的时候使用火盆，但是一般闽清人没有火炉，他们习惯了这种寒冷，而我这个号称耐寒的新英格兰人却受不了。

在寒冷的月份，我和黄医生轮流进行巡诊。一条巡诊线路是五都、九都、八都和十都。另一条是山那面的十一都、十二都。还有一条是十四都和十五都，我们的临时诊所设在墩面、前坪和园头村。我走最长的一个巡诊线路，要跨过闽江去走访江那边的村子，还要到马鸣岭那边的山谷去。闽江比北安普敦的康涅狄格河还要宽，我不知道马可以从哪里游过去。斯蒂芬和我决定让派特上渡船，但我们担心他不老实乱动会把我们都翻到江心。这时我记起小时候读过一本驯马的书讲过这种情况。我把一根绳子绑在派特的尾巴上，把绳头往前拽过他的两耳之间交到渡船上，从渡船上拉，斯蒂芬从后面推，这样他乖乖地上了船。在船渡江的整个期间，他没有动过一块肌肉。我们在小箬村过江，然后上行到大箬村，再到溪底村（应是安仁溪村，属东桥镇），那里有一个设在破房子里的教堂。来的人很多，我们治疗了一百多人。太阳快落山时，我们收了摊，开始翻越马鸣岭。一个中国牧师给我们带路，他让我们在他家过夜。这是很陡的路，沿着古老的石阶不断往上爬，不过从这陡峭处眺望闽江却十分壮观。在山顶，我们进入了一带竹林。

闽江上的挑夫

"我们要特别当心"，我们的主人说，"这林子里有野猪。"最后，我们终于到达了一座古老的小房子。他给我安排了一个要爬梯子上去的房间，他和斯蒂芬在我的隔壁。我筋疲力尽，立刻就睡着了，可是梯子下面很多邻居来跟那两个人闲谈，而且他们还伸长了脖子要看那个长得怪怪的女医生。早上起来后我们看了许多病人，他们不知是从竹林中什么地方出来的。有一个人手上需要动个小手术。在院子里，斯蒂芬把他放在用板凳支起来的门板上麻醉过去，四五十人很紧张地围观。直到这人醒过来，众人才长出了一口气。

然后我们要下到深谷去，这谷是闽江支流涧底河形成的。我肯定沿河会有路走，比这么生爬强。可是给我们领路的牧师这么走必有原因，反正我年轻身体好不在乎，我喜欢新的冒险。闽江南岸山更高些，民众更落后些。这里给男孩上的学校很少，给女孩的就没有，多数女孩还裹脚呢。在到上高村（高桥坑）之前，我们经过许多美丽的瀑布，从陡峭的山崖上淌下来。我们又在一间老屋里过夜。男人围住斯蒂芬说话，女人围住我。主要的话题是土匪和他们的暴行、极端的贫穷和疾病。有人给我们精确地报出当地米、布、鸡肉、猪肉等常见日用品的价格。我们还听了许多关于精灵鬼怪的故事。他们还告诉我们给儿子找个童养媳要多少钱。

第二天早上两个挑夫在我窗根下聊天。"今天我们爬马鸣岭最高峰。"一个人说。

"对，今天这匹马要鸣！"另一个说。

"一万年也没有一匹马翻过这座山。"第一个说。

其他人过来跟他们蹲在一起，猜测派特爬上山要鸣几回。

吃过粥和咸菜，我们开始爬马鸣岭。陡石阶简直是直上直下。我们数着级数，每爬 100 级就停下歇歇。一共有 1200 级，每级的中间都被几个世纪的行脚磨出凹坑。除了石阶路，还有更陡的土路。我们花了 4 个小时才爬上山顶。派特让那两个挑夫失望了，他一声都没有鸣。我们鸟瞰闽江河谷全景和闽清的群山。

在下山路上，我们每个村子都停，给病人治疗，又花了好几个小时才到闽江边的小箬村。从这里我们要乘汽船往上去水口村。在等船时，我们看见一个小伙子在流入闽江的一条小河上撑船摆渡，他唱着中国旋律的歌（闽清民间山歌调）。最后，我听清了歌词：

> 洋女人坐树下，纺织忙。
>
> 洋女人坐树下，工作忙。

汽船来了，我们七手八脚爬上船，尽情享受航行的清凉。岸边有一排房屋，它们的基础建在插在岸边的长柱子上。这些房屋的后面有与江平行的街道，街道对面又有一排房屋。我们的主人是年轻的夏先生，他以卖药和为城里人开药方为生。这个城里并没有真正的医生。我们当晚和当夜都在他干净的家里度过，闲谈当地此来彼往的军阀。我们聊花园、马和土匪。

回到闽清之后不久，一个陌生人来请医生去看一个前一天被土匪枪伤的妇女，那就必须穿过土匪出没的地区。当地的驻军抓了两个土匪，我们的男雇员和附近的人都跑到驻军处去看拷打土匪逼供。我们的老帮手巧手安迪没有去观看，而是提供了关于是否去那个村庄的意见。他说："那村子周围的林子里就有土匪埋伏，我不敢让你们去，不过我要写信征求衙门的意见。"

最后衙门的官员发话了，他会派 10 个兵护送我去。我觉得带 10 个全副武装的兵进入土匪区反而危险，但是我还是有礼貌地接受了这豪华的护送，骑上了我的派特，派特一声长嘶冲出门去往上游跑。斯蒂芬刚从衙门回来，对那拷打很感作呕。我回头一看，他从吃惊的行人手里抓了把伞，飞跑过来追我。派特跟着那个来请医生的人往三都村跑，斯蒂芬在一定距离外跟着，再后面是那10个兵跟成一列，他们脸色不好，对这个任务并不高兴。妇女们站在家门口看着，一个嚷道："医生出门了，她干什么去，太阳都下山了。"另一个说："后边跟着10个兵呢，她肯定是去危险地方了。"

我们跑下山，遇到一座马牙桥。我跟着带路人跳过一个个桥墩，斯蒂芬紧跟着，派特一路溅起水花。我们走进一个窄谷，两面高山如壁，松树散发清香。带路人不说话，只用手指着右方树后冒起的烟，我立刻明白他的意思了。我们悄悄地走，跨过一座粗糙的木桥就进入了土匪区。最后我们到了若干废弃的房屋围绕着的一个堡垒，四周静悄悄，一个人都没有。

带路人领我们进了堡垒，里面一片黑暗，我的心跳都要停止了。这会不会是土匪骗我过来呀？幸好还有斯蒂芬。我们在黑暗中爬上一架梯子，上楼我就听见拉枪栓的声音。终于有人端来一支小红蜡烛，于是我看见这里挤满了拿枪的人，不过他们是村民。女人和孩子已经被送到安全地方了。角落里有人呻吟，我们悄悄过去，看到了那个女人，她肩膀被打碎了，非常痛。我们给她包扎了伤，服了止痛药，催那些男人把她送到我们医院去。

我们离开时天全黑了，那10个兵这时才到。我告诉他们我们要回去了。"太危险，太危险了"，士兵们的班长说，"我们必须在这里过夜。"但是我不想在这里过夜，人挤得只能站着。这时外面下起了雨，很冷。

那时有两个村民愿意送我们回去。"这山上全是土匪",他们说，"我们走千万不能出声。"

我觉得从来没这么冷过。我紧跟着向导，听着他的脚步声。我后面是派特。忽然，派特在石阶上滑倒了，发出很大的声音。我们都吓瘫了，但什么也没发生，我们在漆黑寒冷的雨夜中前行。

当我们经过一所阴影笼罩的房子时，一个男人悄无声迹地走来，递给我们一把雨伞。在经过另一座房子的时候，我们的向导停住脚步，手里多了一个纸灯笼和蜡烛。"现在可以点灯了。"他说。靠着这点闪烁的微光，我们在狭窄的小路上行走，踏过石块，冲过水流，终于到了马牙桥。显然，这一路都有一些家庭在守望我们，帮助我们，但这实在是一次惊悚的行程。

第二天，我又被叫去看那个女人，发现她休克了。我把她绑在一把椅子上，让几个男人给椅子绑上抬杠，把她跑步送到了我们医院。我选了另一条路，使我们可以互不妨碍。我和派特在一条路上奔跑，4个男人在另一条路上猛冲。在医院得到适当的治疗后，这个女人恢复得很快，后来完全恢复了。

我们的日子就是这样伴随着多多少少的惊悚事件和挑战而过的，我们始终在乡村打预防针、接生、宣讲卫生健康和育儿知识。

# 第十章　告别斯蒂芬和黄医生

1926 年夏天，斯蒂芬该走了，他要到南京去学农业。他不仅喜欢种东西，而且他抱有很大的愿望帮助农民改良农业技术，以得到较高的收成和较好的生活。他全心全意地热爱农业，我很高兴我们医院能帮助他实现学习现代农业的愿望。

虽然我们很不愿意他走，但是我们知道他会再回闽清跟我们一起工作。黄医生又是一个情况，10 月份，这个出色的中国女医生将离开我们去华中。当我们站在老樟树下送别黄医生时，我们的心碎了。医院和附近的所有人都喜欢黄医生，她又聪明又能干，福州话学得也快，她关心每一个病人。她熟悉并尊重中国式的思维和习惯，同时她又非常现代，非常愿意帮助别人把事情做得更好。

我们现在有 100 张病床了，而这些病床从来没空过。医院的名声越来越大，我开始认真地考虑申请把医疗工作开展到闽清县城去。郑医生在北京学习了一年回来了，我们准备为我们县作更大的贡献。现在我们有了真正的消毒室，男部房屋正在油漆，木匠忙着给每个窗子装上纱窗。一个从福州医院来的研究生来这里领导护士学校，我们的学生在准备参加国家考试。

因为我们进步迅速，也因为我们这里医疗需求巨大，我向福州的传教会提出申请让黄医生留下，我讲述了我们目前的进展和将来的展望。

他们说："你刚刚建了医院新房，花了不少钱。我们不能再把黄医生的工资加到你们医院的预算里。"

我向他们指出，扩充医院的专款是多年前卡尔顿医生申请到的，我们的建筑是董事会批准的，并没有用当地的钱。但是他们不听我解释，他们不批准追加预算，说这是最终决议。传教会里没有医疗方面的人，对传教会来说，传福音比治病人重要。这些人脑子不开窍，认识不到医疗工作的重要性。很可能他们认为我不是一个热心的传道者，所以他们宁可把钱花在别处。

我很泄气地回到闽清，把情况告诉黄医生。我问她能不能在福州的医院工作一年，与此同时我直接向美国本部的董事会申请。这需要时间，但是我觉得在一年之内，她的工资会批下来。不过我本能地感觉她不会到福州医院工作，在那里她会觉得不平等，不像在闽清这样平等。我知道她将回华中去，我们会失去她。我的养女小雷勇敢地自己去上学，没有哭。但是我知道，她为姑姑的离去而心痛。

我很受打击，黄医生不但是我的好朋友，也是我们医院不可或缺的出色的医生。现在我的计划怎么办呢？我很遗憾我的传教士同行们这样行事，他们坚持认为传福音比向中国人民提供医疗服务重要，我认为这种观点是可耻的。我的梦想破碎了，但我必须收拾起这些碎片，每天坚持工作。

# 第十一章　11 月种种

1926 年 11 月，稻田已经枯黄，树上结满了白蜡果。男人忙着上山割白蜡果，一篮篮送回家，让女人做蜡烛冬天好用。男人们还忙着把稻草围着一根根立在地上的桩子捆起来，这草可以喂牛，也可以做床垫。他们这时还修补破了的竹篮，修补裂了的泥墙。田里的稻草清完了，就要赶鹅群①进田里去把遗穗吃完，然后就要播冬麦了。

这月有个福音传道人从福州来，他到处开会，在学校、教堂和我们医院。我们的小礼拜堂里挤满了能走动的病人、医护人员、仆役和附近街道的邻人。这个热心的传道人夸夸其谈了很久，最后斩钉截铁地宣布："谁愿意抛弃偶像的，请站起来。"聚会停顿了，每个人都前后左右地看别人如何反应。有几个人站了起来，不安地环顾。过一会儿，又有几个，最后，所有人都站起来了。这个传教士忙着把一个个的名字都记

---

① 稻草扎成小捆晒干后，在大木桩离地 1 米多高的地方，将稻草围绕木桩一层一层重叠摆聚成如大蘑菇状，闽清方言称"秆芹"（音），便于保存干稻草，可防雨水淋湿。鹅群疑为鸭群之误。——校者注

下来。接着，他又发表长篇反偶像的讲话，最后祈祷感谢主，所有这些灵魂都得救了。

第二天，一个昨天去开过会的聋老太问我和郑医生："昨晚的会是什么意思？"

郑和我很惊奇："昨天你起立了呀。你知道为什么起立吗？你知道他们记下了你的名字吗？"

"我起立因为别人都起立了"，她愤愤地说，"那个洋人叫我起立，所以我起立。"

我觉得并不是只有"异教徒"才信偶像，几乎人人都有一个他崇拜的小神仙。我们许多人崇拜权力、特权、财富或快乐。我们崇拜的偶像比"异教徒"崇拜的更邪恶更堕落，因为我们不认识这种崇拜的本质，不知道这种崇拜毁灭我们的人格。如果那个传教士知道了我的想法的话，他将会怎样对待我？我当然不会告诉他，因为我已经找到了服务的地方，我不想冒被当做异教徒遣送回去的危险。可能我对这些传教士不够诚实，但我认为对自己诚实更重要。

有一天我们听到敲锣打镲的声音，就跑到前门去看是什么事。所有的人，不仅是医护人员和仆役，甚至连能走动的病人都跑去了。一支队伍走来了，许多人抬着一个大纸船，上面有红红绿绿的字，是死者的名字。许多男人和孩子身穿白衣跟在后面，女人穿白色或灰色的衣服，头上戴草冠，用小脚慢慢地走。

这队人走到桥头就停下，把大纸船放到河里，点着了火。随着纸船缓缓离岸，人们放起鞭炮来。水流推动纸船，纸船兜风就烧得很猛烈。这样就帮助逝去的灵魂跨过死后需要跨的精神桥梁。因为这个死者不是死在家里，他的灵魂跨这个桥是不容易的。等纸船烧尽了，人们就四散回家，女人们还是走在后头（此丧葬礼俗称"六旬"，系人死60日后所行，表示最后送死者灵魂远去）。

不久之后，我们又目睹了一次河岸上的仪式。这个死者也没能死在家里，他家里人必须确定，他的灵魂跟着他的棺材来家了。当月亮升起来的时候，人们聚集在河岸上，一排妇女扯着最高的声调哭。水边一个神汉在草垫子上伴着奇怪的笛声跳舞（此系跳神招魂，笛声是通过神汉吹一种由水牛角制成的"鸣角"而发出的鸣叫声）。在草垫的另一头，一个人竖举着一根长竹枝，竹枝顶上栖着一只骄傲的公鸡。这个吹笛跳舞的仪式要表演到鸡叫为止，因为鸡叫就是灵魂到家的信号。神汉缩着头来回跳，手里舞弄着一根长枪，笛声一遍遍地重复。他有时翻一个跟头，或者跪下祈祷那只公鸡落在他身上。穿白衣的家人们站在月亮地里凝神静等鸡叫，但它却还不叫。一个男护士告诉我，这鸡事先灌了酒，为的是软化它的舌头。天越来越黑，他们用一根棍捅那只鸡，但它还是不叫。最后家长付了神汉钱，解散了这个仪式。灵魂没有招回来，他们将要请一个算命先生另择吉日。

香姊妹的德高望重的爷爷11月下旬去世了。因为她家信基督教，而且她家有三姐妹都在我们医院工作，所以我们全院都被邀请了。仪式开始之前，我们送了礼品，是一大长条布，布上贴着孔夫子的话，用金纸剪的，有关死者懿德的。这礼品挂在一根竹竿上，成为送葬队伍里的旗幡。

当我们到死者家时，他们全家都围着棺材坐在泥地上号啕大哭，按照风俗这是必须的。在爷爷遗体前面坐着两个儿子，身披麻片，头戴有两个耳朵的麻布帽子（孝帽）。然后按顺序是孙子们，也披麻，但戴黄色帽子。然后是儿媳妇和孙女儿们，也都戴黄色帽子。女儿和她们的孩子们围在爷爷脚边，戴有帽耳的白帽子。奶奶坐在死去的爷爷旁边，哭得比别人都要响。孩子们显然有点害怕，连哭带嚷。

丁牧师来了，开始基督教的仪式。家人们静坐，奶奶很快就睡着了。然后唱圣歌，一口黑色的棺材抬了进来，哭声震耳欲聋。奶奶惊醒了，就要往棺材里扑，要跟爷爷躺在一块，她的儿子们拦住了她，女人们来把她领出了房子。人们往棺材底上撒了石灰，轻轻地把死者的遗体放进棺材，盖上一张长芦席，然后盖上棺材盖，钉上钉子。

然后几百人开始吃饭。方圆几里的乞丐都赶来了，在桌间穿行要饭。最后棺材被抬起来，壮观的送葬队伍从家里出发，跨过桥，走向柯洋山下的一带丘陵。队伍的前面是鼓号和长笛，旗帜飘飘。最后，到达红土的墓穴。

后来又看了一场喜事。我们的一个护士"二小姐"要结婚了。这桩婚事是她父母和算命先生还有媒婆一起在她小时候就定下的。她从没见过那个人。我们被邀请参加她家婚礼前的喜宴，新娘的亲友是不被邀请去她夫家的婚宴的，那只有丈夫的亲友能去。当郑医生和我到达时，院子里已经满是女人和孩子，男人站在院外聊天。她母亲领我们到她的卧室，她正坐在床上痛哭。

"她结婚很伤心吗？"我问。

"哦，不是。她哭是表示有孝心，不愿离家。她也不老哭，有人来她才哭。"郑医生给我解释。

我们跟她说话，她蒙住脸不说话只是痛哭。她身边的妇女直点头，说她做得得体。

最后我们坐到了桌边，来的客人大约有100人。每8人坐在条凳上围桌而坐，每个客人面前有一只碗和一双筷子。桌子中间放一个大碗，里面盛着热菜，每个人用自己的筷子从大碗里取食物送进嘴里。碗快空了就又上一碗，这样子换了大概20碗，每换一碗都伴随着谈话和乐趣，这顿饭（出嫁宴席）进行了两小时。有好几碗猪肉和鸡肉，几碗海鲜包括鱼翅、虾和一种小黑鱼、大鱼的肠子、燕窝汤和一条连头的大鱼炖在鲜美的甜酸汤里。蔬菜都是用鲜美的肉汤调制的，能记住的一味好菜是鸡汤豆腐（为闽清传统宴席中的一道菜，叫烤豆腐）。鸡和狗在桌下乱窜，找掉下来的碎屑吃。女乞丐进进出出，寻找吃剩的菜。

男方的人来取新娘的东西（嫁妆），这样等她到达时东西就都准备好了。他们取走了4个漂亮的红漆五斗橱和好几个衣箱、描金的黑漆盒子；有厨房用的盆和桶。最有趣的东西是一个红漆木盆（闽清称"腰桶"，为旧时出嫁必办的嫁妆），那是让她生孩子用的。在中国，妇女是蹲式分娩，孩子落在身下的木盆里。

在回家的路上，我独自思索中国人的这种仪式所庆祝的生活更新。我走过摇晃的长桥（用多节板架铺的柴桥），顺着稻田间的小路向柯洋山脚下走去。最近的雨水形成了许多瀑布，从蓝灰色和红色的石崖间流下。我爬上好像画中的黑石头，它那风雨侵蚀的表面静静地俯瞰着下面的绿谷，谷中蜿蜒的山溪闪着银光，流入又流出山下赤裸的红色稻田。我的目光越过河往东望，越过我们的医院，越过三都和四都村，那边的山峦被行进的雨区所覆盖。然而，阳光穿过山谷中飘荡的四块灰云，把它们烧成熊熊的火舌，这不寻常的景色惊人地美丽。我不由得把眼前景色来比拟生活。虽然我们身处暴风雨中，但不远处就是阳光、美丽和希望。虽然大人所处的条件可能很绝望，但是孩子们还有希望和美好的前景。我回家时心里充满喜乐。

# 第十二章　告别闽清

在军阀控制中国的年代里，我们不注意政治，也没认识到革命马上就要来临。我们身在福建的偏僻小县，这里的生活一仍旧章，尽管其他地方的政治力量正在聚集。比如，1926 年 12 月，一个 15 岁的姑娘被她婆婆送来医院。她是个北方孩子，是饥荒时被卖到这里的。3 个月前，她被带到闽清，跟买她的人的儿子结婚。她的丈夫非常爱她，但是按照传统，儿子不能干预婆媳关系。不幸的是，她婆婆很恨她。当我们做体检时，我们发现她的背上都是鞭痕，她的脖子被烙铁烙过，半个屁股被石头打得变了颜色。她身体上到处是深深的刀伤，她的乳房被又拧又掐变成了黑色。她已经多日没有吃喝，处于休克状态。当地警察不管。

1927 年 1 月初，我此时的老师徐牧师（徐熙明）去他的家乡十一都有事。一段时间以来，我怀疑他跟那边的武装势力有联系。好几天了他还没回来，我们有些担心了。一天，两个从十一都来的人找我，他们说："徐熙明病得厉害，他家人怕他活不到明天早晨。"我有些犹豫，因为这事可能跟土匪有联系，同时天已经黑了。而且我的脚脖子扭了，上马下马都困难。可是，徐先生需要治疗，而我是他的学生。在中国，仅此一个原因就足够让我出发了。

一个男护士和我开始走这15里的山路，我们的向导打着煤油灯照亮。我们经过了一座又一座没有护栏的桥，有的只是一块木板。半夜我们到了徐先生的祖屋。按规矩客人应该在门外等，直到主人请他进去。可是没人出来，我和男护士一直在门外站着。我们的向导安置了我的马之后才领我们进去。当我们走进昏暗的房间，发现徐先生已经半昏迷了，他的家人在哭泣。他的老爹不跟我说话，他只相信中医，他不希望我去。我的向导们邀请我是代表他们自己。

徐先生体重减了许多，非常虚弱。他的脾肿大，不断咳血。疼痛发作很频繁，这使我想到登革热①。他已经很多天没睡觉了，他家的女人不许他睡，怕他醒不过来。因为这里是严重的疟疾疫区，我猜想疟疾是最可能的原因，于是我给他静脉注射了奎宁。然后我给了他一些安眠药，不管女人们的反对。我说，我们每个人都要休息，第二天才能有力气。他们有点吃惊，但是同意了我的意见。第二天早上，全家都高兴了，徐先生已经往好发展了。连他的老爹也对我非常友好，请我也帮他看看，开些药。徐先生完全恢复了知觉，他笑着对我说："以后你要出名了。"

第二天是星期日，早上教堂敲钟的时候我骑马到六都去。很奇怪，许多男女学生从福州过来，上行回家去。

"怎么回事？"我问他们。

"学校、教堂、医院都关了。"他们只知道这个。我到医院后觉得不

---

① 登革热是一种热带和亚热带的传染病，可由蚊子传播，典型症状是发烧、疹子和关节剧痛。——编者注

安，不知道中国的其他地方发生了什么。

徐家又来请我，他又昏迷了，我肯定他吃了什么土药。一问，他没有服奎宁。"这是凉药"，他家人说，"他得凉病应该吃热药。"我又给他静脉注射了奎宁，等着他恢复。当我要走时，徐先生显得很愁苦，他家人说他担心我们医院，但是没人告诉我为什么。我只好悄悄地走了，心里还记着他那张愁苦的脸。在回家的路上，我思索这个问题可能最终跟福州的事情有关，徐先生可能从他联系的特别人物那里得到了什么消息。

我走进医院的大门，看见人们都苦着脸。"出什么事了？"我问郑医生。她拉着我到花园，告诉我从县城来了一群人要捣毁医院，赶走外国医生。徐先生显然知道这个，但是不能当众告诉我。

金姊妹跑来紧张地说："医生千万别出去。"

夏牧师跑来，脸色苍白。"快走，藏起来。"他急匆匆地小声说。

我说："既然这么危险，女护士们马上都回家。"但是谁也不走。只有新大厨的妻子月花过来对我说："我想把我最值钱的东西送回家，然后就回来。"过了一会儿，她像一条笨拙的水牛一样跑到门口，背上背着孩子，手里提着暖瓶。很快她背着孩子回来了，把暖瓶送回了家。郑医生和我笑得肚子痛。

这时美国驻福州领馆来了电报，但是我不会翻译。两个女传教士埃德娜和乌尔苏拉跑来了，脸拉得老长。她们带着旅行的行头：帽子、手套、雨伞。"你们这是要去哪儿啊？"我吃惊地问。

"我们一夜没睡打点行装"，埃德娜愤愤地说，"现在我们准备离开闽清。"

"我刚从领馆收到电报"，我倒拿着电报说，"我的翻译是，'平安无事，别怕，继续工作。'"这两个严肃的女传教士好像不理会我的调侃。

凌晨4点，有人猛敲大门，这是县城来的信使。我们开门让他进来，一个从县城来的人半夜敲门是大事。他带来一封县城的艾史东先生的信，信中措词严重地催促我们"看在上帝面上"立刻离开。本地官员告诉我们一切平安，这封信里有什么更新的情况吗？我怎么能知道？不过我还是决定走。安静地收拾了东西，我们就顺流而下。

到了县城，一个陌生人悄悄地过来说："医生和医生的朋友到衙门来一趟好不好？"我们立刻毫无畏惧地去了，因为这个衙门的头儿是我们一个护士的丈夫。到了以后，那个护士把我拉到角落里说："共产党军队今晚来，你不能睡在船上，你必须待在这里。"

将军和他的妻子给我们准备了床，热情接待了我们。两个兵背着枪在外面给我们站岗。第二天早晨主人告诉我们，一船船的共产党军队在夜里过去了，他们是从广州到南京去。"现在你可以继续去福州"，将军说，"路上会是安全的。"

我们知道蒋介石正在北伐，共产党也是他军队的一部分。不过我们不明白政治形势及其对未来的意义。如果蒋介石控制了全国，共产党又发挥影响，我们担心外国人会出事。在福州，美国领事命令我们立刻出城。他说谁也不知道会发生什么，我们必须离开。我们的选择是北上上海或南下马尼拉。我不能带小雷出国，因为手续繁杂。如果我们去上海，她可以去老家，我可以找个医院。但领事说，如果我们去上海，我们可能会被送回国。看来最好是去马尼拉，等新秩序在中国建立起来。我把小雷托付给了女传教士乌尔苏拉，她计划从上海回美国。依依不舍地跟小雷分别之后，我去了马尼拉。

# 第十三章　回到中国——1928

　　这是 1928 年 12 月，我乘一艘老轮船从上海到福州去。我在美国休假之后回到了中国。我想起 1924 年我第一次来时，马高爱医院的两个护士坐着房船来接我。我也想起了 1927 年初我遗憾地跟小雷分别，她就是坐着这同一条船到上海去找她的姑姑黄医生的。

　　在马尼拉时我被痢疾折磨，病原包括阿米巴和杆菌，还有贾第鞭毛虫。① 在马尼拉没人能治好我，我决定回美国，治了 3 个月才痊愈。病好了真高兴，我游泳、打网球，还读研究生。

　　不过最有兴趣的是把美国与中国相比较。我赞叹美国文明的进步精神和效率，现代的知识和技术，发展的速度。同时，我铭记中国的悠久历史和哲学，高度伦理的教导和对自然之美、文学之美、音乐和所有艺术之美的热爱。我欣赏中国的年轻人，他们富有艺术能力和高度智慧，他们热爱学习，尊敬长者，有爱国热情。我佩服中国人行事的礼貌和温和，即使是不识字的山民也有敏锐的感觉和本能，即使最穷的人也拥有

---

　　① 贾第鞭毛虫寄生在哺乳动物的肠道里，有一种与腹泻有关。——编者注

良心和体面。孔夫子和他的门徒留给了后人太多的东西。

我们西方人虽然有高技术，但是比一下就知道不足，我坐的这船就是个证明。船上有 30 个传教士的孩子在上海度假后回南方去上学。他们在船上尖叫飞跑撞倒了中国人也不说道歉。他们一个跌倒在另一个身上，这是中国人反感的。他们当着懂英语的中国人大叫，说不愿意跟中国人住一个舱。我替他们害臊。

船到福州停靠了，玛丽·卡尔顿和斯蒂芬·刘在一艘汽艇上等我，又见到他们真高兴。他们告诉我土匪进了闽清的医院，抢走了我的马，郑医生休克了。我急于找上行的船到闽清去。

可是被一些事耽误，我在福州多待了几天。海关扣留了我的药箱，说价值超过 1000 美元要交 50% 的关税。最后我找到海关的负责人，一个英国人，他允许我提走药箱不扣税。下一步是国内海关，我需要得到免附加税的允许。这次遇到了一个令人愉快的穿蓝绸袍的中国先生，他愉快地给了我这个允许。他说："中国所有的进步都跟传教士的努力分不开。"他告诉我中国振兴的计划和本省的公路修建计划。他给我看一张计划中的公路图，看到这些前景令人很振奋。

下一步是拜访主教和其他人，争取他们资助我买一匹马代替被土匪偷走的那匹，因为我要继续闽清的巡诊。斯蒂芬去相看马市上的马匹，因为如果是外国人买，就会被讨高价。谈好价钱后他叫我去看了两三匹马，我们选了一匹年轻温和的白色母马，6 个月大，蹄子健壮呼吸有力。

在福州的这些天我了解了蒋介石新政权的一些情况。蒋政府通过了许多改革计划和法律。例如男女平等，女人有了继承权、择夫权，甚至离婚权。一个男人同时只允许有一个妻子。这跟我 1927 年离开中国时有很大不同。而且，新政府通知所有的道士及造纸钱和香的人在 3 个月内另行择业。成车的偶像被从福州的庙宇里拉走架起来焚烧了。政府占了庙宇停止了崇拜。订立了清洁日，城市的官员也出来用扫帚扫街。女学生出来反对商店的水果摆放在外面不加盖。好像城市有了新精神。

我听说斯蒂芬在闽清县城的男校任教，除教书外他还种蔬菜水果和鲜花，还做农业的实验。从南京农校毕业后，他带了4只纯种奶山羊回来养。他赠送花种给牧师们，让他们美化环境。他召集农民办学习班，他讲述种庄稼的技术。他说服了闽清驻军司令黄炳武①支持他的工作，现在黄炳武及其部属资助他的改良本县农业计划。

到圣诞节前，我终于完成了所有在福州的工作。大衣箱、手提箱、食品、1匹马、3个船夫、26箱药品、斯蒂芬和我都装在一艘5舱河船里向上游开去。当时相当冷，估计我们都没睡着，只是闭了眼等天亮。当第一缕微光爬上山岭，我欣喜地注视着温暖的金色逐渐笼罩了闽江两岸绿色的山丘。

斯蒂芬来陪我坐，他给我讲述了北伐军如何进入南京。我问："威廉博士②被他们杀了？"

"是，他们枪杀了他。他躺在地板上，护士们都跑出来，围着他跪了一圈。那些兵拿枪指着那些女人，但是男学生围住了她们，救了她们。"

我记得 C. S. 特里莫博士当时也在那里。特里莫说当他认识到要出

---

① 黄炳武（1887—1968），今坂东镇湖头村人。参见 http：//news. sina. com. cn/o/2004－11－23/11044321139 s. shtml。——译者注

② 与威廉博士被杀有关的南京事件，见 http：//zh. wikipedia. org/wiki/% E5% 8D% 97% E4% BA% AC% E4% BA% 8B% E4% BB% B6_(1927% E5% B9% B4)。——译者注

事时，他立刻用红药水搽了脸装疯，这样才保住一条命。中国人显然不伤害疯子。

当我的意识回来时，斯蒂芬坐着一声不响。我问他：“你那时做什么？”

“马丁博士有 60 只纯种牛，另一个学生和我把它们牵到城外安全的地方。”

“还有别的传教士受伤害吗？”我知道有，但我想看他会告诉我多少。我发现不多。

“我把上衣给了一个年轻传教士，他穿这样的衣服跑，结果跑掉了。许多男学生都脱下自己的衣服给传教士。”他停顿了一下，“很多人，农民、女人，有的非常穷，都拿出自己的钱来买传教士的命。有些妇女拿出首饰和戒指来买命。”

尽管有骚乱，斯蒂芬还是很喜欢他在南京学习的这一年。他的话题总是回到山羊、兔子、绵羊、狗、果树、蔬菜和土壤及怎样才能帮助闽清的农民。

我们回到闽清受到欢迎。郑医生显得很衰弱，我知道她需要立刻休假，但她决定要坚持到我的工作安定下来为止。医院的整个气氛紧张，土匪威胁说要再来，人们现在知道我们的医院其实并不安全，医院几乎空了。

几夜之后郑医生和我在走廊上望着黑夜，听着邻居的狗吠。河船迅速地向上游移动，河对岸有人打着灯笼往上游跑。这本是个安静的村镇，这样很不正常。我们看见下游一个小村里有闪光，明灭了 3 次，我们街上一个商店的屋顶上也有同样的闪光与之相呼应。很快上游很远的一个村庄也如此。我们想这是村与村联络报告土匪的行踪。第二天一个信使送来衙门的一封信，告诉我不要接待陌生人，除非让一个负责任的人先盘问他。这封信还提醒我们的看门女人要特别当心，因为土匪想要抓我以勒索赎金。

几天之后我们看到下游数里的十五都村冒起很高的黑烟。后来知道是600个土匪包围袭击了一个官员的漂亮新屋，这个官员是我们以前的病人。虽然新屋守卫得像个堡垒，但土匪还是成功了。他们点着了这房子，并且枪击每一个想从火里逃出来的人。一个小男孩被打中膝盖，但还是逃出来了，他的邻居把他送到我们医院，但是土匪抓了这孩子的父母。他们的胸被刀划开，并绑到柱子上被火烧死。为此300名海军士兵从福州来到十五都打土匪。我们听着枪声，从大樟树下远望下游的十五都。从我们这里都可以看见，十五都的人顺着河两岸跑，汗流浃背、气喘吁吁地往树林里藏身。一个女传教士满脸通红地从我们门前跑过，我叫她进来吃杯茶她都没理我。我走进一个在医院工作、我们叫她教堂姊姊的小老太太的房间，发现我们的全体雇员都在这里跪在地下祈祷安全。

新男护士宗岱①和新区长夏先生等着跟我说话。"土匪可能天亮之前就会来。"夏先生严肃地说。

"那怎么办？"我问。

"你们两个医生天一黑就悄悄出去到十八坂过夜。"他坚决地说。

"我同意让郑医生走，她不能再坚持下去了。"我回答。

"不，你们都得走。"宗岱说。

"我跟他们没有矛盾，我为什么要走？"我问。

---

① 张宗岱（1905—1969），23岁左右开始到六都善牧医院学医，1933年前后六都善牧医院派他去接收县城"行悯医院"并主持医院工作，最后的工作岗位在闽清县医院，曾任副院长职务。——校者注

"因为"，夏先生寒着苍白的脸说，"他们可能要你给他们当太太。"

听了这话我浑身起了鸡皮疙瘩，可是我和气地说："我要先把女护士们送回家，然后我们两个医生再走。"过了些时间，郑医生和我轻手轻脚地溜出后门，因为担心前门有人监视，趁黑到女子学校去过夜了。

土匪没有来六都。1月底，有600个兵从福州来到闽清县城，土匪退到十一都去了。这是机会，郑医生应该趁此机会到县城去，然后转赴福州，她太需要休养了。她走时谁也没告诉，突然来了一顶滑竿她就走了，夏先生一直护送她到县城。

后来有一天夏先生和我跨过摇晃的小桥往下游走了一里路。从那里我们看见一队土匪往柯洋山进发，后面有50个兵和1个号兵在跑步追。当双方交火时，号兵就拼命吹号。但是太阳一落山，号兵就招呼士兵们吃晚饭，于是战斗结束了。

再晚些时候，1000个兵剿匪到了十一都，而土匪麇集在十二都。我们想土匪从那边很容易上柯洋山，就像从我们这边上山一样。一旦过了山，他们就不难下山拿下六都。一个女护士跑来告诉我，他们今晚真的要来。她脸色苍白地说："土匪真的要来抓你，因为你刚从美国回来，肯定有钱。"

我又把女护士们送回家，然后问夏先生的意见。夏先生说，这街上每一个商号都收到了土匪的信，要求出1000元钱。今晚土匪真的想来，但是有300个兵等着他们呢。我听了很放心。夜里宗岱来给我送了一套中式的男人衣帽，说："如果土匪来，穿上这个，偷偷地从后门溜走。"我不信这能骗过谁，我把长衫挂在我们的衣架上，帽子扣在高头，就去睡觉了。

几天后美国驻福州领事给我来了信，他想了解六都的情况，并且命令我，如果士兵们败了就离开。我觉得他应该了解一下情况，如果士兵们败了我一个人怎么还能逃走。

# 第十四章　新面孔、翌年春天和质疑

当我在美国时，我们医院增加了几个新面孔，其中就有宗岱，一个从十四都来的年轻聪明的传道者。他仔细思考自己的生活，然后准备每周的布道，访问他的教区，帮助人们解决问题。他特别喜欢耶稣给门徒洗脚的故事。他说："我思索了很久，我问自己，怎样才能更好更谦卑地为社区服务呢？如主所说'要为最小的一个兄弟服务'，我要照顾生病的人。"

我说："这些年来，我也是这么想的。"

他说："为病人服务就意味着帮助任何人，不论穷富，不论是教会的好成员还是肮脏的乞丐、狡猾的窃贼或大胆的强盗。我最后决定，放弃传道人的职务，当一个见习护士，如果医院肯要我的话。"这是一个拥有不寻常的智慧、能力和敏感的年轻人。我非常高兴他能加入我们，希望将来他能更多地发挥他的才能。

秋姊妹也来自十四都。她说她丈夫是个鸦片鬼。她丈夫本来有一个政府里的职位，但是抽上鸦片后，他就什么也做不了了。秋姊妹来医院工作是为了养活丈夫和儿子。她既强壮又聪明，在我们的集体里很有影响。我佩服郑医生的眼光。

还有一个新人是郑太太，她是新的"圣经女"，她来帮助教堂姆姆工作。跟多数闽清妇女一样，她也曾是个童养媳，长大了跟丈夫圆房后，有了3个孩子。可是她告诉我，她丈夫又看上别的女人了，把她卖给了一个凶狠的男人。她逃出来回了父母家。幸亏她父母不错，可怜她，又把她买了回来。她父母送她进了十八坂的学堂，最后她上了我们的圣经班。她在那里遇到了郑老师，这个很好的年轻人爱上了她。我看出来这是一桩幸福的婚姻。我允许郑先生和他们的小养女在医院住，让他们家庭团聚。

"你还去看你那3个孩子吗？"我问。

她悲哀地摇摇头："他们不允许。"

寒冷的冬天过去了，1929年的春天来临了。3月中，人们收冬麦，拔萝卜。男人们忙着赶大水牛犁地，犁完后挑了大桶的粪来施肥准备种稻。每片田里都有一小块地四周用泥埂围起中间放水，水和泥混合如同蛋糕糊。用长柄滚轮把地弄平播稻种，这就是秧田，以后再把秧移栽到大田去。我们看到身披蓝衣的农民在秧田里缓慢移动播撒金黄的谷种。

秧要在秧田里养30天才能移栽。在这个月里农民拔草的活是最繁琐最辛苦的了。秧田里放两条长凳以避免干扰秧苗，农民坐在一条长凳上拔草，拔完一段就迁移到另一条长凳上，这样，他们逐渐在秧田里移动又不碰到秧苗，把拔下来的草放进腰带上挂的一个小竹篮①里。在等待的月份里，他们继续在稻田里犁地放水。攒了一冬的牛粪一坨坨烧了之后跟稻草混合起来，然后用竹筛子筛，再施到稻田里。

到了插秧的时节，农民拔起秧苗，扎成小把，用竹畚箕挑到大田

---

① 闽清方言称"蕰"，为竹篾编织的圆形或扁形的小器具，可系在腰间，用于盛鱼、虾、田螺、泥鳅等物。——校者注

89

里。一个人在前面走，用棍子在泥田（或田地）里插上等距离的洞。插秧的人跟着，一次拿几把秧，在腰上挂着的肥料篮里蘸上肥料，插到准备好了的地上。

4月底，这山谷里到处都很美，一块块方的、三角的、半圆形的稻田里长满了茂盛的嫩绿的稻子，就像柔软的毯子一样，铺满目力所及的地方。

同时，2月、3月、4月是玫瑰开花的时候，它们在我们的小花园里尽情开放。3月底，英国紫罗兰就盛开了，马蹄莲和百合也含苞待放。桃花谢了，火焰卫矛盛开了。我们修剪橘子树、柠檬树、酸橙树和柚子树，种植玉米、生菜和小萝卜。4月橘子和柚子开花，我们医院香得醉人。

尽管有这么多美景，我们还是看到很多现实中的丑恶。医院又挤满了病患。我们现在有了一个中心厨房，有一个女大厨做饭，不需要病人家属了。许多兵来治伤，他们告诉我们土匪头子抓住了，就是他在我回美时袭击了我们医院，偷走了我的马。士兵用电线穿了他的手，把他在地上拖了19里到县城。

一个星期天早晨，我醒来时听到窗外大香蕉叶上柔和的雨声，忽然使我想起了新英格兰冷天的雨夹雪，思乡之情油然而生。我跟着郑医生和护士们上教堂，但是我的心飞了很远。我有一种与家乡割断的恐惧，那里的人们就像梦中人一样模糊不清。时事、时装、音乐、新书——所有这些都是那么遥远，完全与我无关。在孤独了这些年之后，当我回到美国我还能跟那里的人找到共同点吗？我坐在教堂的长椅上往窗外看，大柚子树的绿叶被急雨冲刷得干净无比，叶子背后是柔和的蓝色高山。我开始觉得身后的门正在关闭，我不能只站在这美景的入口，我必须进去。尽管我孤独，但我决心坚持我的工作；尽管有土匪，但我从未停止工作。

一天晚上，我到十八坂去跟两个女传教士共进晚餐。我很吃惊，我不能欣赏那周围的美了。当夕阳把山谷周围的山染成薰衣草的颜色，前景是雅致的覆盖着茅草的丘陵，大水车正对着垂柳，蓝灰色的房屋安详地沉睡，就像它们几个世纪以来的那样——忽然我跟这美景之间好像隔了一片大水，我不能再感受这优雅的图画。

但吃了美味的美国食物，说了两个钟头的英语之后，我连跑带跳地回了家，精神振奋。老蔡五提着灯笼很难跟上我。天上明星伴着凉夜，风里带着花香，溪水潺潺，这一切又回来成了我的一部分。我觉得与大自然合为一体了。我看出来，对我来说，跟我自己的背景保持某种联系是必要的，至少偶然来一两次。

同时，我继续质疑我的价值观和我的基督教传承。我不能再接受只讲祈祷和虔信的宗教。祈祷是为了物质利益吗？虔信什么东西呢？这些东西太肤浅，我不能再接受我周围的传教士们的宗教。我越来越觉得真理和爱应该是我信仰的基石。然而我还不满足，一个人可以寻求真理，但是他怎么知道有没有找到呢？还有怎样寻找爱？我还在困惑中，不敢说出我的想法。我在追求某种追求不到的东西。

我背对着那个神秘的、半感知的世界，还有从童年起就被灌输的关于上帝的概念。我现在知道并没有神。我是浮是沉在于自己的努力，在于自己智慧的引导。我漂向不可知论，还可能是黑暗的无神论。

# 第十五章　回归现代·一个新婴儿

　　1929 年，我们开始我 1924 年刚到闽清的第一个月所设想的下一步计划。我们要求医院里每一个人都想，什么活动可以揭示我们县里最坏最愚蠢最要不得的常见习惯。大家热情很高，人人都花时间去考虑什么该做、该说、该佩戴。第一个活动是面向普通大众的，我们的小教堂里挤满了病人和村民，女孩子唱可爱的中国小曲，宣传刷牙、打苍蝇和抽鸦片烟的害处。然后是一个短剧（skit），表现一个护士在路上遇到形形色色的人，她给他们解释疥疮、肺结核和其他疾病。路人无知的回答引起观众的阵阵笑声。这样人们就嘲笑了他们自己的无知和迷信。郑医生讲解维生素，她展示了在不同条件下喂养的一窝老鼠，那些只吃白米的长得矮小，这给观众留下了深刻的印象。

　　下一次我们邀请了教师、学者、官员和军官到小教堂来。跟上一次一样，他们非常欢愉。最后观众越来越多，只好把活动改到网球场举行，那也挤得满满的。我的计划的一部分，就是卸下人们迷信和无知的负担，这和给他们治病同样重要。不论是我们医院的同人还是村民还是知识界，都强烈支持我们的活动。

有一天宗岱来我办公室，"我叔叔有一个一个月大的女婴想要出卖或赠送，医生你想看看这个婴儿吗？"他怎么知道我想再收养一个孩子？其实大家都知道，我叫缝纫娘侯幸来做了整套的婴儿衣服，把她忙得够呛。我做的一切事都传得很远很广，他自然就知道了。宗岱的家庭很好，祖上出过很多学者。这个家庭的人显得聪明、健康，脾气也好。

当晚郑医生和我跟着宗岱经过十八坂到埪上村去。这个婴儿的父亲是个诚实、真诚、勤劳的农民，母亲穿戴很整齐，看着很聪明。他们热情地招呼我们，给我们上滚热的香茶——叶子先放在杯底，然后冲入开水。

"我们有机会得到一个一个月大的婴儿给我 4 岁的儿子"，这个母亲解释说，"我养她比较合适。"我理解，给儿子娶个媳妇要 200 元到 400 元，这还不包括婚礼的花销。如果找个一个月的女婴就花很少钱甚至不要钱，想怎么养就怎么养她。

她把她的小女儿放在我手里。我看着她胖胖甜甜的小脸，亮晶晶的聪明的眼睛。这个婴儿发育很好，小胳膊小腿都有力地舞动着。我知道这就是我想要的孩子。孩子的父亲、母亲和 3 个儿子把我围成一个半圆，不安地看着我。我要决定他们可爱的小姊妹的命运呀。宗岱远远站着，不说话却含着感情。郑医生坐在我旁边，拍着孩子的头。我说："我要她，我今晚能把她抱走吗？"孩子妈妈却显得有点慌乱。

"我要先给孩子做衣裳。"妈妈说。

我觉得，我如果今天不把她抱走，可能就抱不走了。他们可能宁可会送这孩子去当童养媳，也不给一个异想天开的未婚外国女人。"我给她的衣裳已经准备下了。"我笑着说。

"是的"，郑医生说，"她各种准备都做好了。"

"你放心吧，我什么都准备了。"我说。

"比较晚了，医生们该在天黑前回家。"宗岱催了一下。

"好，他们不能走得太晚。"孩子的父亲说。

我把孩子紧紧抱在胸前，站起来往门口走。那个要有一个婴儿新娘的4岁儿子哇地一声大哭起来。妈妈的脸紧张悲哀。屋里站着的邻居女人们开怀大笑，说这个收养既没有长时间谈判也没有请算命先生真好。

那一夜黑暗中枪声不断，土匪下山进村了。村里的大鼓声声敲响发送着警报，从窗户里可以看见外面到处是放枪的火光，街上有激动的尖叫和喊声。枪声转急，医院墙外的人们拼命地乱跑。我抱着啼哭的婴儿，领着护士和女仆们跑到蔡五给我们准备好的秘密藏身地。她们一个一个地爬了进去，她们催我也进去，我笑着说："啼哭的孩子不能进去。"我和蔡五拽了许多盒子和篮子倚着隔栏堆成一大堆。

我站在花园里给婴儿喂第一瓶奶，有房子的遮蔽，流弹飞不到这里。然后我穿过医院房舍去看情况。郑太太，那个新的圣经女打扮成一个老村妇钻在一张病床里。我把婴儿塞在她的怀里，因为如果土匪进来，他们看到我抱着孩子，会杀了这孩子。到半夜危险过去了，土匪没进医院。

此时我的另一个养女小雷已经12岁了，该起个学名了。我不知道怎么起，就托两个老师帮忙。想了好几天，他们来找我。我说，我想用花名来命名她。

"不行不行，丫鬟才用花名。"郑医生马上说。

"用'华'怎么样？"一个老师说。

"'华'的意思是'中国'吧？"我问。

"是。全名用'华辉'，意思是'中国的阳光'。这个小婴儿可以叫

'华星'，就是'中国的星光'。"①

"'中国的阳光'和'中国的星光'"，我慢慢品味着，"我喜欢这个主意。"这两个名字很合适，我对这两个孩子抱着很大的希望，她们将是新中国的公民。

后来的几个月里土匪越来越猖獗，闽清人人自危。我担心万一我出事，两个孩子可怎么办。华辉可以回她姑姑黄医生那里，可是华星呢？最好跟她的家庭保持联系。不仅为了可能的危险，而且让孩子了解她自己的家庭对孩子好。宗岱替我安排，让这孩子正式拜访她的老奶奶。

按照本地的风俗，我坐了一顶滑竿，抱着婴儿坐在我腿上。滑竿杠上拴了一包挂面②象征长寿，挂面用红纸裹着表示吉祥，这是给她家的礼物。我还带了一串饼干给那些孩子们，一些软软的蛋糕给奶奶。一路上人们都跑出来看，一个"洋鬼子"抱了个中国孩子到处跑。

在墘上村，全家都在等我，大群的妇女来看我的每一个动作，听我说中国话的口音。家里每一个人都抱了华星，都很有礼貌地说这孩子真有福气。我抱着华星跟她奶奶合了影，希望她将来会珍爱这张照片。这个奶奶也是宗岱的奶奶，她有 17 个孙子 11 个孙女。

"她在同龄孩子里算长得很大。"一个人说。

"她吃什么呀这么漂亮？"另一个人说。

我趁机给他们讲这孩子吃什么，每天洗澡，吃鱼肝油。我利用这个

---

① 张华星，1929 年出生，为张宗岱堂妹，现仍健在。1952 年医大毕业后先在北京工作多年，20 世纪 60 年代初，支疆到银川工作，后在宁夏医学院退休，现居住福州。——校者注

② 线面，以前闽清探亲访友都会提上一包用红纸包扎整齐的线面，作为礼物。——校者注

机会给他们讲有关维生素的知识和怎样才能有一个好身体。他们觉得新鲜——用奶瓶喂孩子牛奶！在这里，如果妈妈没奶，大家族里的一个女人会替她喂。如果找不到奶妈，妈妈就把米饭嚼碎了嘴对嘴地喂孩子。没人知道奶瓶和配制的婴儿食品。这次收养给我一个机会向当地妇女宣传育儿的新概念。该走了，孩子的母亲显得很快乐，她的女儿能来看她，而且还长得那么好。我希望与她保持联系，这也使她很高兴。她也送我一包红纸包的挂面。她还按照迎接女儿头次回家的风俗，在孩子脖子上拴了一个纸包的铜钱表示祝福。这枚铜钱用三股线穿着，红线代表幸福，黑线代表年轻（黑发），白线代表长寿（白发）。我们坐滑竿走了，他们全家人和邻居都站在门口微笑送别。

# 第十六章　我见了宝云和他的匪帮

有一天，十一都的刘牧师（真神堂刘我明牧师）来看我，说本地土匪头子宝云①在十一都街上贴了一张布告，出 1000 块大洋买本县军头炳武将军的人头。炳武的兵抓了一个人，他们认为这个布告是他贴的。"他们把他带到我的教堂"，刘牧师说，"他们把长椅都推开，用绳子拴住他的大拇指，再穿过房顶的椽子把他吊起来。等他痛昏过去，就放绳子让他摔到地上，再用凉水把他泼醒，醒过来再吊，就这样一遍遍地弄，直到他招认。"

我问宝云和他的匪帮躲在哪里，刘牧师说："他的 1000 个土匪多数都在离山很近的十二都，不过有时也来十一都，就住在我的教堂，我没办法把他们弄出去。"

我知道这伙人在十二都和十都之间的高山区穿行，威胁这地区的小村庄。几天前，一个十都的人带他 5 岁和 8 岁的两个儿子到我们医院，这两个孩子的脸都划坏了想让我们修补。每个孩子的脸上都有好几条 6

---

① 黄宝云（1902—1931），池园镇潘亭村人。——校者注

英寸长的深到骨头的伤口。我边缝伤口边问，那是怎么发生的。

"我们付不起土匪摊派的捐税。"这个父亲悲哀地说。

缝完了脸上的伤口，我发现他们身上还有大片烧伤造成的疤痕。我问那是怎么搞的。

"去年我们就付不起捐税，宝云的人用稻草把我的两个儿子卷起来点着了火。"这父亲苍白的脸拉得老长，充满了绝望。那个5岁的孩子已经疯了。

我们人满为患的医院在1929年还收治了一些其他受土匪伤害的人。有的肢体有枪伤，一个人的腿被砸成了几段，我们要给他截肢他拒绝，就回了家。几天之后他的腿严重感染，又回来求我把它拿掉。当我们挤出时间给他做手术，我告诉他要开始麻醉时，他说："医生，能不能延后手术？我想我的兄弟在场，可是今天下雨他来不了。"

我生气了，因为美国领事可能在任何时候命令我离开闽清，我必须在离开之前处理完他的腿。但因为他很坚持，我延后了手术。太阳出来了，他兄弟来了，我重新检查了他的腿，想不到他腿上的伤口比以前干净新鲜，显得好了一些！我说："你的腿好了点，你想不想再等几天，看能不能让它长好而不必开刀？"当然他愿意。他的腿奇迹般地继续好转，尽管曾经感染很厉害，但后来骨头也愈合了。

出院时他能走了，他流着眼泪向我道谢："医生你挽救了我的腿，我太高兴了。我想送你一个东西，我想把我儿子送给你。"他不知道有多少人要把儿女给我！我说，非常感谢你的赠与，但你就替我养着你的儿子吧，我希望他吃中国的食物，懂中国的道理。

有一天，来了一封吓人的信，大意是："尊敬的医生，请你立刻到十一都的教堂来好吗？"这信是宝云的一个相貌奇怪的信使送来的。我要到他的巢穴里去见这个千人匪帮的头子，烧杀奸淫的恶棍吗？我不去。

可是我必须仔细考虑如何回答，一句话一个字不妥当都会造成不幸的后果甚至死亡。当时我身边正好没人商量，而我又不能让那个信使等太久，因为他怕被当地军队发现。于是我告诉信使，现在没人能帮我写信，我只能给他一个口信：我要完成一个重要的手术才能去，如果能找到抬滑竿的人的话，最早也要傍晚。我加上一句："如果没滑竿，我就去不了。"因为我不想去，我觉得没滑竿是个好理由。

在当时的福建，有三股力量争雄。陈忠将军的部队在省南部的三分之一，控制了厦门的收入；海军控制了福州及其周围，包括海军训练站、武器库、要塞和船只，福州就是一个攻不破的城市。在福建西部，土匪卢兴邦无人能敌，虽然他名声不好，可是据说他还是孙中山的朋友。他的控制区与江西共产党根据地相连。中央政府希望调和这三部分，任命了海军杨元帅为福建省长，任命陈忠将军的朋友为公共建设部长，土匪卢兴邦的一个朋友被任命掌管盐税。福州的杨和厦门的陈密谋摆脱卢土匪，但卢听说此事率先行动。卢的一个好朋友邀请省政府的12个要员吃饭，结果在席上卢的人把这些要员都抓起来送到上游去了。

幸亏炳武将军当时在闽清没有去那要命的宴会。然而，当我收到宝云的信时，炳武也正处于困境。因为当时卢土匪的控制区是从省西界直到闽清和福州之间的白沙，炳武部队在西北东三面被阻住，南面又被宝云的1000个土匪阻挡。炳武拒绝与卢土匪合作，也不允许宝云跟他会合。最终，宝云成为炳武的仆从。

夏先生回来之后，我给他看宝云的信，他看后沉吟了很久。最后他说："你得去。如果你拒绝，那么如果以后他拿下这里，他们不但要惩罚你，还要惩罚整个医院。"

次日清晨，我坐滑竿走了 10 里路到十一都。在教堂，① 我以前的老师徐先生迎接我，他现在跟宝云合作了。徐先生非常有礼，土匪的兵也非常讲究礼节，他们鞠躬，擦洗茶杯，奉上热茶，还送上热的洗脸水。（当我在美国时，他们差点杀了郑医生——编者）不知为什么，看到徐先生我觉得安全了些。

在我到闽清的初期，徐先生是我们的牧师。他中等个子，眼睛明亮，厚嘴唇，像个学者。他喜欢教我中文，我跟他学了很多。不过即使那时，在他主持周日讲道并且每周教我 5 天中文的时候，我就怀疑他夜里参加土匪的活动。在我 1928 年 5 月从美国回来后，他来找我并且紧张地提醒我在闽清别一个人出去。我觉得他好像是在提醒我当心他自己的帮派。

我有礼貌地感谢他，问他现在做什么，他回答说他为政府工作。虽然我怀疑他是为宝云工作，但我还是给予他适当的尊敬。

我们闲谈了 4 小时之后，一个陌生的瘸子走进来。徐先生不见了，这个人给我看他的名片，上面是宝云的名字。我跟着他离开了教堂，在街上绕弯子，最后进了一个房子，又进了里边的一个房间。这里有一张很宽的大床，鸦片烟具摆在床中间。屋角还有一张小床，挂着流苏和蚊帐。这时徐先生进来，躺到大床的一边，前一个人躺在另一边。他们拿一种黑色小球，用像帽针的东西在一盏小酒精灯上加热。等到了适当的黏稠度，烟膏被放入一根长管。这两个人抽完了鸦片之后又来两人，然

---

① 池园真神堂，原址在池园镇池园村，建于 1923 年，1983 年让售池园小学拆建，后迁井后村建真神堂。——校者注

后又是两人，直到 20 个人抽了鸦片。同时，一个中国医生，身体显然不好，坐到我旁边叙说他的症状。

这时一个年轻人进了屋子，后面跟着一群人，每个人都站得笔直。这时我知道这年轻人就是著名的匪首黄宝云。我们坐下吃宴席花了两小时。我发现宝云有点害羞，就像个年轻孩子，每次我跟他说话他都脸红。可能宝云不能完全为以他的名义犯下的罪恶负责，可能他只是增权（一个相貌凶恶的中年人——编者）的傀儡吧？

我是席上唯一的妇女，而且我坐在贵宾席上！他们为什么尊敬我？为什么宝云叫我来？他本人显然没病。我想起了福州的致死的宴席。也许他们是要补偿我，为了当我在美国时他们攻击我的医院，恐吓郑医生，偷走我的马。我们在席上只谈简单的话题，我不敢多说话。中国话里有很多歧义，说错话就不安全了。尽管他们许诺天黑前送我回六都，但这席一直吃到天黑。我说医院的人要担心了，徐先生很周到地派了个人去报信说我很安全。虽然这帮人在席上对我很恭敬，但饭后他们不吱声就离开了。徐先生在教堂里给我安排了一个房间，在他的房间隔壁。早上我醒来时，匪兵们告诉我徐先生还在睡觉，宝云和他手下人还没回来，我要等他们。

正在此时我的疟疾犯了，发冷，肌肉痛，牙打战，强烈作呕，身上感到一股奇冷，在我的脊柱里上下翻滚，发高热。我脸色发白，浑身无力。匪兵们把我扶上滑竿，走 10 里路回到六都。当我到达医院，医院全体都在樟树下翘首盼望。他们担心我挨打，老蔡五也在嘴里叨叨唠唠："现在他们把她下油锅了吧？"到中午疟疾过去了，我跟平常一样了。后来我才知道，宝云找我是要我给他打针治梅毒。

101

# 第十七章　匪和兵

1929年6月下旬，一天早上我们被急促的枪声惊醒，街上是尖叫声和商铺匆忙上板的声音。护士紧张地跑来说："宝云来了，炳武带他的兵往四都跑了。"

"告诉所有的女性，想回家就回家"，我急忙说，"不过也许她们在这里更安全。"

下游方向的机关枪声逐渐近了，很快我们看见炳武和他的人数不多的军队跑过六都。汗淋淋，气咻咻，他们紧张地跟着炳武将军跑过我们的窗下。炳武用手绢包着嘴，手里领着他的儿子奔跑，他们跑过无人的街道，跑上摇晃的长桥，桥上每一块木板都噼啪作响。

过桥以后他们没上柯洋山而是上了另一个小山。"宝云的人肯定在山里等着抓他们。"我悲哀地对郑医生说。我们眼看着这支部队成单行穿过稻田，迅速地爬上很陡的山路。然后我们看到土匪兵从常走的柯洋山路下来，不知道炳武军刚过去，这两军错过了，炳武跑掉了。

土匪从下游、从三都、从柯洋山几路进入了六都，同时六都的居民拼命把他们的妇孺送出镇子，有人背着值钱的东西。医院里所有的姑娘都留下跟我们在一起。她们的理由是我是给宝云治病的，虽然并没有成功，但这保证我和医院同人都会受到特殊待遇，在家里可没有在医院安全。我们锁了大门，没人进出。

在那个要命的大热天，消息不断传来："他们进入政府的学校，捣毁了所有的窗户，抢走了所有的东西。"一个护士喘息着报告。我们刚才看见那个校长了，她打扮成农妇，在炳武军通过之后飞快地过桥跑了。在炳武驻扎六都时，这个校长是他的情妇。如果土匪抓住她肯定要在她身上残酷地报复，不过她逃掉了。

"他们在村子里抢劫每一个人。"又一个人来报告。深夜我们还听到妇女在墙外尖叫。

第二天我们的厨师要求回家。"昨天夜里我14岁的侄女死在他们手里，我要回家参加葬礼。"

我眼望着窗外，看见匪兵押着一长队的人，用绳子绑着。其他被抓的人肩上扛着大包土匪抢的东西跟在后面。但是没人来打扰我们，看来我们安全。最后我下令开门，让伤员进来治伤，包括土匪的伤员。

一天早上我对土匪伤员说："你们愿意参加我们的教堂活动吗？"在场的医护人员听了脸色都变了，显然他们认为我太失言了。但是我觉得冥冥中有人让我这样问，本能告诉我这样做是对的。后来，30个土匪参加了我们教堂的活动，而且彬彬有礼。

不久之后，宝云也来看病，陪同的是徐牧师和他的卫兵。我听说徐先生当时每天都抽值10元到14元的鸦片烟，他会有麻烦的，他的收入满足不了这个花销。我很遗憾这个青年人如此糟蹋自己的生命。命运跟人开玩笑，他保护了我们医院那么多的生命，却毁了他自己的生命。

在1929年那个火热的夏天，我们看到和经历了很大的困苦。食物稀缺，盐几乎没有了，煤油快用完了，好在我们的医药供应还行。但是连续的酷暑，对自己和他人生命的恐惧，没有盐的米饭都使得我们的生活十分艰难。一个幸事是养鸭户无法把鸭子送到福州出卖，只好在当地处理，我们的饭菜里添上了鸭子。有时候，男娃子会送一串田鸡给我们。后来农民给我们硬的绿桃子①，我们煮熟了来吃。这些是我们在从6月到9月期间的伙食的补充。

当地人的生活比我们医院里更苦，人们向我哭诉土匪的税极高。炳武将军的军税刚刚使百姓一无所有，宝云又来收极高的税。穷人付不起只好自杀。如果他们交不上税，就要遭到毒打折磨。土匪随便找个借口就枪杀了他们。虽然他们告诉我宝云不会对我和医院下手，但同样的人也提醒我，宝云手下有人想绑架我勒索赎金，我必须特别小心。

我们知道，有一帮士兵抓了哈里森小姐和奈乐曼小姐，两个都是上游方向的传教士。我们听说在等待赎金期间她们每天被折磨。这些兵砍了哈里森小姐的一根手指头送到福州去勒索高额赎金。我后来见过那根手指头，它被很好地保存在马高爱医院。我的某些中国朋友好像知道折磨的详情，他们说哈里森小姐已经疯了，后来我听说两位女性都被杀死了。

外部世界知道这里再北边一点的斯丹姆事件。斯丹姆夫人被多次强奸，她丈夫被绑在床脚上，后来两个人都被砍了头。他们把孩子藏起来，后来孩子遇救了。其他传教士在其他地方也有被抓的，所以我们有理由担心。结果，福州的美国领事命令所有的传教士到县城集中。他安排了一艘特别快艇，有穿过闽江上战线的通行证，来把所有上游的传教

---

① 未经嫁接的土生桃子，当地叫"苦桃子"。——校者注

士接到福州。我拒绝离开医院，因为当时事情很多，所以我没参加那次大出逃。但是后来夏先生和其他人通知我，有一个绑架我的计划，我最后同意到县城去待几天，在那里等待炳武的军队去恢复秩序。

当我在县城的时候，有一天宝云的匪兵押着一队妇女走进城。我们听说宝云在三都抓了 70 个女人和姑娘，这些女人被强迫在酷暑中行走 20 里。她们有的怀着孕，有的刚生过孩子，有些是小脚，其他人不过是小姑娘。在路上许多人走不动了，匪兵枪杀了她们 20 人，有 3 个人被活活打死。这真是一场噩梦。

1929 年的 9 月 10 日，我们被告知六都情况已经平静了。我的朋友三婶定了一条船，没有提我的名字，第二天我上了船，全天都平躺在船底，这样回了六都。没想到刚到就收到了一封信，是宝云的追随者增权写来的，他要我第二天到十一都去治一个女人。

我在从宝云那里回来时见过增权，他的脸长得很凶恶。他的妻子曾经是我们的病人，早些时在福州给他带着两个儿子。前面讲过增权曾经烧过十五都一个官员的房子，并且把官员和他的妻子都绑在柱子上烧死。增权在福州的政敌抓了他的妻子和儿子关在牢里作为报复。在牢房里没有水洗脸，屋里全黑，她和孩子只能待在床上，因为床下全是脏东西。当土匪卢兴邦在福州的宴席上抓了重要人物时，他也把增权的媳妇和儿子放了出来。出来时她已衰弱到不能走了，后来我发现她有脚气病。我很想也看看那两个儿子怎么样了，但是没有机会。现在增权叫我到十一都去给女人看病。

我害怕，不想去，我决定寻求别人的意见，照最好的做。当我把信给宗岱看时，他脸色苍白，瞪大了眼。"你不能去。"他坚决地说。夏先生也是这个意见。

宗岱到六都衙门去找宝云的一个头目，问他我该不该去。他回答说："她绝对不要去。"

于是决定，由宗岱代替我去。当天晚上，他把那个女病人带回来了。她是增权的情妇，但她也是宝云的父亲这边的亲戚。宝云的父亲觉得这不合法的同居丢了他家的脸，于是他雇人打了这个女人。这个受雇的人把任务完成得很好，他用铁条打了这女人的头和脸。

此时宝云感到压力很大，因为他触犯了其他的权力中心。宝云试图加入炳武的部队，但是他派去送信的人都被炳武枪毙了。宝云派了一个秘密使者到福州的刘将军那里去，可是这个信使也被枪毙了。卢匪帮同意让他加入其帮，但他必须答应提供大量的给养。宝云没有那么多给养，卢匪帮就夺了县城，宝云退到十一都。

1929年9月24日晚6点，我们听到三都方向传来枪声。我们估计是炳武军从那个方向打回来了，宗岱过去看了，回来说不要露面，来人可能很野。我们关了窗子，用家具顶住门，拿了卧具到医院建筑中心部位的办公室歇宿。我们挤作一团，怕得发抖。枪声越来越近，夹杂着凶恶的、使人血凝结不流的喊叫声，好像是野蛮人来了。子弹啸叫着从我们的房子周围飞过，可以看见枪口的火光，空气中弥漫着火药味。我悄悄靠近窗户，看见人们在街上飞跑，宝云的上百个兵在衙门外集合，而边喊边开枪的凶神恶煞的敌军已经临近，没有抵抗的时间了，宝云匪军拼命地逃到下游的白云渡去了，宝云本人在那里。

第二天我们得知，头天晚上打进来的炳武军只有20人，但是他们得到了三都和六都百姓的协助，百姓站在自己家门口拼命放枪，让这100个土匪听着以为有上千人来了。土匪慌乱地逃走，把那些可怜的女人丢下了。

第二天我们看到一个少见的场面，山谷里每一条路都拥挤着女人和孩子，他们排成一队回家。经过了几乎4个月，家庭终于团圆。女人们抱着或背着孩子，更多的孩子跟在后面。有的人抱着在此期间出生的婴儿，有些人背负着沉重的衣物和锅碗瓢盆。4个月里女人们与家庭分离，男人冒着拷打和死亡的危险守卫着家。有些妇女到家发现她们的丈夫或儿子已经死了，但是大家都拾起存留下来的头绪重新开始生活。

随后的两天，胜利英雄炳武的兵三五成群地出现在六都街道上，他们穿着皱巴巴的农民衣裳，戴着草帽穿着草鞋，部分人有枪。有人头上顶个脸盆，多数人头上包着手巾。这是一支没有纪律的杂牌军，和宝云军同样危险。他们立刻开始报复那些跟宝云关系好的人，我们从窗板后面看到震惊的场面。

9月的最后一天我收到一个神秘信使带来的信，让我立刻到十一都去治一个男病人。信尾签名不是中文，而是徐先生用英文潦草地写的。宗岱劝我不要去，因为宝云的人正继续往南退却，他担心他们会利用这个机会抓了我勒索赎金。另一个人说如果我去治他的敌人，炳武将军会十分生气。但是我的宗旨是治疗任何病人，所以这个理由说服不了我。夏先生也警告我存在被绑架的可能性，结果我告诉来人我的医院工作太忙，而且没有交通工具。这是编谎，但是这是中国人可以接受的处理困难局势的方式。几天后又来了一封紧急信让我去十一都，没有署名，可能是怕暴露与土匪的联系，导致送信人被枪毙。

这次夏先生说，"如果你还不去，万一宝云回来，你和你的医院就要糟糕了。"所以我必须去，我很高兴宗岱愿意陪我去。因为怕炳武知道了惩罚我们，我们秘密地找了滑竿出发了。

路上人问我们去哪里，宗岱说："去下游的一个村庄。"

到了十一都，教堂没开门，街上空旷而沉寂。最后刘牧师出来开了教堂门。他不说话，只领我们到他的书房。"我老婆、女儿和老师们及村里所有女人都藏起来了。"他悲哀地说。宗岱给他解释我们来此的原因，但是刘牧师毫不知情。

宗岱在村里走，最后遇到一个面善的年轻土匪头目，问他是谁需要医生。

"我去问，然后告诉你们。"这个头目离开了。

我们等了他两个小时，最后他来到教堂，说他们把病人集中到一个地方等我去看。他领着我们满街绕，穿过一个又一个房子，最后来到一个低矮黑暗的房间。

满地躺着伤员，既无床垫又无蚊帐。一个人严重肩伤，骨头几乎碎了。我们把他抬到教堂，用两个长凳支起一个手术台，用一个宽窗框作擦洗台，讲道台放器械。宗岱掌控氯仿，我做清创，换上清洁的绷带。一个男护士在十一都行医好多年了，现在他为宝云服务，他站在旁边看。我告诉他每天如何换药，他吓得要命。好像这个人如果死在他手上他会被枪毙。

当所有的伤员都处理完之后，我们饿坏了。那个头目带我们去吃饭，带我们进了一个房间，增权坐在里面，我们很快就丧失了胃口。他对我们很冷淡。我们不得不跟半圈相貌凶恶眼冒凶光的人坐在一起，这使我恶心。他们传递给我们烤栗子，但是我们的嘴很干，吃不下去。我的脚冰凉，宗岱的脸越来越苍白，眼睛越睁越大，脸显得很小。每过几分钟增权就要为什么事发火，大叫大嚷。我们两个受害者围坐了一小时什么也没说。有人给我们每人一碗粥和猪肉南瓜，我们勉强地吃着。不久有人向增权提滑竿钱和医疗费，他又大怒，所有人的眼睛都看着他的每一个动作，什么也不说。最后他打开抽屉拿出一把大洋，可是很快又猛力把钱扔回抽屉并且锁上了。我明白，他不给钱就让我们走。

我开口向增权说了两小时以来的第一句话："如果我们有好的道路，我可以开汽车来这里，那我们就不必付滑竿钱了。"实际我这是用中国人的方式说，"只要你们不偷我的马……"我说话时不敢看宗岱，他可能会因为我乱说话而崩溃。

我们终于说了再见，他们让我们走了。我们很饿但是不敢停步在街上买饼干，怕匪首改主意不让我们走。别人不知道，跟每次上路一样，我总带着两格令①的吗啡在我的衣服里，以备最坏的情况发生，这次又没有用上。

在经历了治疗土匪之行后，我决定带着婴儿华星去福州。福州好像另一个世界，去年夏天我们就尝试和体验过了在福州的生活。在这里一切都很满意，但是我发现没有地方可以容纳我和华星。甚至马高爱医院也表示，欢迎我但是不要带中国婴儿。我很难接受这种事实，来"转化异教徒"的人却如此种族歧视。在4个月的困苦和孤立之后，这又是对我的一个打击。我痛苦，但是我没有停步。玛丽·卡尔顿好意地带了华星，这样我好跟我的西方人同事相处。我觉得所有传教士都应该接受心理分析，拔除潜伏在下意识里的种族优越感的根子，才能到中国传扬基督教。人们以为中国人是僵硬的传统派，但是他们好像并不比我们的"好"传教士更僵硬。

在福州期间，我会见了以斯帖和奥林·斯托克维尔夫妇，他们被主教安排到闽清跟我一起工作。以斯帖是个非常聪明的姑娘，特别能理解

---

① 格令（grain）是英美度量单位，等于0.064克。——译者注

人，钢琴弹得也好。奥林这个小伙子几个月前去过六都，给我留下很好的印象。他很会跟中国人相处，也喜欢中国食物。他们的两个金发碧眼的孩子使我们在六都的生活焕发光彩。

我在福州休息期间，斯蒂芬在北平学习一年回来了。他带来1条雌性警犬、5种兔子、进口的猪崽、纯种白山羊、鸭、鸡、草莓和许多其他东西。他从他学习的北京协和医学院带给我各种血清。他的谈话都是关于实验室的工作和他计划中的帮助闽清农民的工作。他非常高兴他的知识能有实际用途。华星和我雇了一条船回闽清，带上了斯蒂芬和他的动植物。

我们回到六都后听说增权、徐先生、宝云都逃到永泰去了，据说他们在那里当了南京政府的高官。残余的几百匪徒据说活动在十都和十二都一带。有些人认为他们还想来重夺我们六都。

关于宝云的传言证明是真的，我们回六都不久，宝云就凯旋回闽清。在永泰他加入了国军部队，成了蒋介石军队的成员。炳武将军不能打他了，至少在表面上，他们是一边儿的了。徐先生运筹帷幄，看来他的智力超过炳武将军。

# 第十八章　地方消罪仪式

"医生，你跟我们去看普度吗？"宗岱在我门口请我跟医院的同事们一起去。宗岱现在结婚了。我们沿着小路往上游走，穿过十八坂，那边有个小村庄，为这个仪式的各种东西都准备好了。普度的意思是"穿越"，人人都要从这个世界穿越到那边。但是有时某种东西妨碍穿越。因为把灵魂运输到那边很昂贵，一个小村子为一个仪式要撙节多年。具体到这个村子，它距上次普度已经70年了。所以我很幸运，能目睹这个消除把死者灵魂羁绊住70年的大罪的仪式。

庙外道路两侧搭起高台，台上是纸做的布景，纸糊的商店和纸人都弄得像真的一样。我们看那些商店和住宅的内部墙上贴了些外国男女的画片，有一张是男女在亲嘴。在那时的中国，这被认为很不适宜，所以这张画片吸引了很多看热闹的人。当我露面时，人们嘀咕说谁知道是怎么回事。当然，我也表示很惊讶。

在街的另一边，有一些纸棚里画着地狱里的惩罚。罪人身上拴着绳子，绳头在台下，孩子们拽绳子，罪人就痛苦地蹦跳。在一个纸棚里，一个黑脸的人在打一个俯卧的罪人板子。另一个棚子里，两个人把一个罪人锯成两段；还有一个是两个人把罪人从头锯到脚。一个马头人把罪人从红热的烟囱里拉出推进，罪人被烤得比感恩节火鸡还红。这些让我汗毛直竖。再过去，地狱的差役们在大锅里油炸罪人；一群魔鬼把重物掷到可怜的罪人肚子上，把他打扁。最后一个棚子，罪人被头朝下塞进一个磨里，腿还在外面，地狱的判官不断转这个磨。把历史退回去看，是神职人员先构想出这些酷刑然后被土匪抄去了呢，还是古时候的土匪暴行使得当时的神职人员想起用这些酷刑来逼使世人为善呢？我想起了法克西①关于西方殉教者的书。

庙里处处灯火。到处都是木框外蒙着美丽的中国丝绸的灯笼，有的是庙宇形状，有的是佛塔状。许多漂亮的金色挂毯挂在祭坛的墙上，姑娘们轻声说，"每幅都值好几十块大洋呢"，有人说它们是从鼓山禅院②借来的。高台两边和庙内的墙上都挂着大幅的画，有两幅描写坏人受罪，有几幅是描写好人得福。好人分家庭坐，他们脸上带着满意的表情围桌享用食品，桌子位于群山之间，旁边有树木和瀑布，背景是远山。罪人都是单独受罪，所受酷刑跟外面纸棚里展示的一样。

金色挂毯下身穿红袍的和尚很有调门地唱着，有管弦乐伴奏。整个情景很美，我希望能够拍下这些风情独特的照片给美国人看。夜幕降临后，放在一口大鼎里的木柴和"斗钱"点火燃烧起来，火焰翻滚犹如鬼魅，这样来结束这美丽而神秘的夜晚再恰当不过了。

---

① 约翰·法克西（John Foxe），*Actes and Monuments of these Latter and Perilous Dayes*（1563）。——编者注

② 鼓山禅院位于福州东北 10 英里，以佛牙著称。早期的新教传教士威廉·麦赫斯特（Willian H. Medhurst）企图说服僧人承认那是象牙，但未成功。——编者注

后来，六都下游的一个小村也搞了一场普度佛事，我们一些人又去了。当我们到的时候，佛事已了，大约20个红袍和尚出来到庙外的空场，唱着动人的小调列队行走。他们每人两手提着纸灯笼围着场中间的鼎火转。钟鼓笛和其他弦乐器奏响，就像开了一个生动的音乐会。和尚们随着音乐加快脚步，忽然开始舞蹈，围着大鼎里燃烧的火焰，胳膊上下起伏，他们手中的黄色灯笼也有韵律地随音乐起伏。音乐越来越快，红袍和尚们也舞得更快，黄灯笼和红袍飘闪上下，颜色似乎融为一体。我看着就想起了疯狂的蝴蝶。

最后和尚们弄碎了灯笼，掷到空中。人们拼命地去抢灯笼，抢到就意味着一年平安。此时我被仪式的气氛所笼罩，几乎也想跟他们一起去抢。此后有一个向乞丐分发米和布的仪式。我深深地庆幸能观看如此美妙的东西，不知在我生活在闽清期间还有多少这样不寻常的事情可看。

# 第十九章　宝云的下场·关于炳武

1930 年 11 月，军队抓住了宝云，这次虽然他依附于南京政府也保护不了他了。但他还是比抓他的人更聪明，他随身带着两丸鸦片，在兵士们还没开始拷打他时就吞了。我觉得遗憾，我担心徐先生，没人给我讲他的下场，我猜想那可能太恐怖，人家不愿给我讲，我们以前到底是朋友。我感慨两个能干的年轻人选择了错误的路付出了生命的代价，他们的家人付出的代价可能更惨。

增权死得没那么容易，我对他毫不怜悯。我听说他把从百姓收来的捐税钱装了满满一棺材，然后他们派两个兵去埋这棺材。等在一个秘密的地方埋好了，他枪杀了这两个兵，这样没人知道他的钱在哪儿。当增权被抓住后，他被送到三都去让那里的妇女报仇。他曾经在三都抓了 70个妇女，所以这个惩罚很恰当。妇女们决定用鞋锥子将他处死。她们把他绑在椅子上，每人带了锥子去扎，她们一小时又一小时地扎他，3 天后他才死。

1930 年的圣诞晚餐之后，我们去听炳武将军讲话。我对他关于高度道德的讲话不以为然，我记得他的兵士对十一都的教堂干了什么。我想，他们已经从宝云手里缴获了我的马，但是没有还给我们。我怀念那个给我们送货的不伤害任何人的聋子老头，当着我和孩子们的面，炳武的兵用木棒打死了他，因为怀疑他的儿子在宝云的匪帮里。我想起炳武把鸦片烟种子卖给当地百姓，一酒杯10元。他还对种鸦片课以重税，当鸦片快要收了，他派兵来拔掉某户人家的鸦片，斥责他竟敢种毒品——这是因为，这户人家没有给他完税，别的人家田里的鸦片就长得好好的，收成丰厚。

我的一个病人当过县城的县长，他告诉我，炳武在闽清待了40个月，刮了20万元。这些钱许多来自吃兵饷。政府给他的兵发薪水，他扣下，这是长期存在的旧中国强人的手段。可怜的士兵3年只得到4个月的薪水。这位将军向每一条从福州上行的船征税，我们这小溪里的船每月要交3块银元，闽清共有500—700条这样的船。他每月还从鸦片烟业得到大约3000元。每月有600盎司的鸦片从兴化（莆田市）走山路进入闽清，这将军每盎司抽5元。我的病人还讲了他其他的收入来源，可是我到写日记的时候，脑袋里只记得这些。我在圣诞晚餐时就想到了这些。

不过，当晚在我要睡觉的时候想起了炳武修了连接县城和六都的路，这路此时只完成了一半，可是一些商人已经凑1000元买了辆旧巴士，每天在路上接运旅客就可以挣50—55元了。他们是路修到哪里，车就开到哪里。我给美国的教会总部写了报告提醒他们，多年以前，卡尔顿医生的一个朋友留下1000元给我们医院买一个磨坊。我们现在不需要磨坊了，我要求他们同意我用这笔钱买一辆汽车，从总部来的批准成了我的圣诞节礼物。我在上床时决定，明年夏天到上海去买一辆好的旧车。如果在县城和六都之间有了快速的运输方式，我们可以为这两处都提供好的医疗服务。

1931 年夏天，马高爱医院请我去他们那里工作，我回信说恐怕不行。他们又来信说我可以带着孩子，于是我们收拾东西去了福州。8 月底，我带着孩子们到上海去出席医学会议，还要去南昌，还要买汽车。9 月，我和孩子们上了一条肮脏的船回福州，船上老鼠太猖獗，我只好带着华星在一床睡，一整夜我都忙着把老鼠赶下床。但是看啊，面对老鼠毫不畏惧地站着一辆二手福特车，我叫它罗宾①，因为它有着黑的车顶和深红色的车身。

---

① 罗宾（Robin，知更鸟），这种小鸟黑头红胸。——译者注

# 第二十章　汽车巡诊

1931 年秋天，奥林·斯托克维尔教我开车，我可以从县城开到三都了。当雨水把泥路弄得比冰还滑的时候，奥林就好意地替我开。现在除了六都医院之外，我可以认真考虑在县城搞个小医院。这样，1932 年 1 月，宗岱和他的妻子月莲以及华星和我搬到县城男校空置的传教部去了。华辉留在六都跟郑医生在一起，她要上女校。我们打扫了肮脏的房间，弄来了足够的家具，小医院就开张了。宗岱和月莲就是医院主管。

县城里有钱有势的人付得起诊费，他们也懂得尊重西医。我们从一开始就很兴旺，日夜忙碌。在县城的事业可以帮助落后地区的医疗。在两地之间穿梭成了我生活的常规。我越来越盼望黄医生，但她现在不能来。

1932 年 3 月的一天，郑医生休假，我在六都接到让我去县城的电话。这电话线也是炳武修的。当时大雨倾盆，奥林开车送我去。泥路太滑，他必须给轮胎缠上防滑链才能走。路上的泥沟太深，路中间高处常常擦碰汽车的底盘。当我抱怨的时候，奥林就给我打气，说："我在奥克拉克马开过比这更坏的路。"

到了县城，发现宗岱的女婴病得厉害，是脑膜炎。我认为我们应该返回六都，那边的设备好些。到了六都天已漆黑，宗岱和月莲小心地把婴儿捧到我的房间，我要整夜守着她。月莲太疲劳去睡了，宗岱来跟我一起吃东西。在吃之前，他低头大声祈祷："请挽救她的生命，但是无论你的意志是什么，都让它实现。"

这深深地感动了我。他如此信仰他叫做上帝的主体。虽然他深爱他的女儿，但是如果需要，他也接受她的死亡。我知道他非常真诚。他的信仰是传教士教出来的，他相信，如果他的女儿死了，上帝会接引她。我不打扰他的信仰，他的信仰此时如此深沉如此必需，我几乎希望我也有这样的信仰。第二天清晨，他可爱的小女儿死了。尽管他从精神上接受这个结果，但他无比悲哀和心碎。我能说什么来安慰他呢？月莲也被悲痛压倒，我不能违心地说些陈词滥调，像上帝把她接回家了之类。其实上帝不会把这样可爱的婴儿从她的父母身边夺走的，置她于死的是一种我不能治疗的疾病。我只能静静地和他们一起痛苦，试着照顾他们。

在一次巡诊中，我们访问了本县的一座麻风营（在现梅城镇溪口村附近）。开始麻风患者不敢见人，后来陆续地一个接一个从暗角里爬出来。他们的面部表情很绝望，他们的手脚都萎缩和变形得难以描述了。后来，又陆续地爬出来 10 个人，他们有的一瘸一拐，有的拖着脚走，凄惨地站在我们面前围成一圈。我们要求看他们的房间，每间都漆黑，每间房里有一张床和一个小炉子。因为没有集体伙食，每个人都要自己到山里跋涉寻柴，去井边汲水，然后到自己简陋的小房间去做饭。

多年前当地政府修建了这个营地，这里没有任何医疗服务。因为此处离六都足有 18 里路，我们的巡诊也不到这儿。但是现在我们有路有车，在县城有分院，我们可以着手为这些注定一辈子住在这条件极差的地方的可怜人做些什么了。

在我们与麻风病人谈话时，更多的病人聚集过来，我们数了数共是18男2女。有一个40多岁的女人，眼睛已经全瞎了，她跟一个出身于富裕家庭的男人同住，这个男人很爱她。我劝他接受治疗，他却拒绝了，我知道为什么。这个女人的病没有希望，他不愿意治好病却把她一个人丢下。另一个女性是个好看的姑娘，我在六都就认识她。她婆婆恨她，把她送到六都医院说她是麻风病。我们给她解释，她得的不是麻风而是癣。我们直到来这里之前还不知道，这婆婆告诉族长她是麻风病，族长把她送到了这里。她来时只有14岁，一个患结节麻风的男人占有了她，他们同住一室共用一个小炉子，现在她脸上也出现了麻风结节。

看着眼前这20个被族长送来的人，我为不负责任的行为而震惊。虽然闽清人很自信他们会识别麻风，可是有时他们把梅毒、肺结核和癣误认为麻风。有些妇女被送到麻风营来只是因为有人不想要她们。我不敢看这些绝望的人们，他们在心理上和精神上都丧失了任何兴趣，他们只是讨些米，种些菜，拾些柴，然后睡觉。我们能做什么来帮助他们战胜冷漠和低沉呢？

我给他们讲我们如何在六都医院治疗麻风，我告诉他们即使对于比较晚期的麻风病，治疗也是有帮助的，我许诺每星期来一次给他们治疗。但是我也提醒他们必须耐心，必须一周周一月月地坚持治疗，长期治疗才能看出进步。结节会消退，腿劲会恢复。他们的脸上露出一点点希望的光芒，他们答应坚持长期治疗。我知道不是每个人都能坚持下来，但至少我们要给他们机会，哪怕只有一两个人会接受挑战。

# 第二十一章　关于红军的谣传·士兵到来

1932 年春天我忙得很，郑医生休假了，我在两个医院（六都医院和县城分院）之间穿梭。此时一个从水口来的人带来一份来自福州的电报。电报是美国领事打来的，他命令我在条件允许的情况下去一趟福州。我不知道什么时候能去，就把电报丢到一边。不过我知道许多惊慌颤抖的人从上游涌入闽清，他们说他们侥幸逃脱了，舍不得钱的人没逃脱就丢了性命。现在福建有共产党，据说已经接近闽江源头的延平①。人们用手捂着嘴小声说"共产党"，就像以前提到宝云及其匪帮一样。所有传教士已经都迁走了。

有一天我到县城发现奥林在等我，我立刻知道他的来意。"领事派我来带你走。"他面带微笑说。我很不好意思给别人带来过多的麻烦，但是决定不下是否跟他走。他也不跟我争，而是当我看病人时就坐在我旁边，从早晨直到下午。然后我们开车去了六都，征求夏先生、宗岱、斯蒂芬等人的意见，他们在土匪肆虐的日子里保护了我的安全。

---

　①　茹丝写的是 Everlasting Peace，延平，即现在的南平市。——译者注

"共产党不会到这么远的地方来。"夏先生说。

"你可以换上中式衣服跟我们一起逃脱。"另一位说。

我倾向于离开，我厌倦了危险，心里也有恐惧，不过内心中也有一个声音告诉我不要走。讨论来来回回地反复。奥林跑这么远来接我，在宝云造反的危险日子里我没听领事的话，这次不好再不听了。但这也不是我违背内心声音的原因，我害怕，我想走才是决定性因素。虽然我没讲话，但是这些中国人已经本能地猜出了我的内心。"说真的，你怎么化装也骗不过共产党。"夏先生说。于是我收拾了几件东西，开始往县城去。我把两个孩子托给了可靠的人家，怕万一我回不来。华辉的脸色急切而苍白，华星高兴地跟我说再见。

在福州城外的鼓岭仅仅住了两天，一封电报来了让我马上回闽清，我立刻就出发了。4个滑竿轿夫抬着我以破纪录的速度跑下鼓岭，穿过福州的街道。然后我爬上一条去上游的汽艇，艇上人满为患，我只好爬上竹篷顶。太阳下山后又很冷，我旁边的一个中国人只穿了棉布的衫裤，我展开我的毯子给他盖，夜里我们背靠背取暖，不然还真受罪呢。他在我前面下船，虽然我们并没有交谈，但他投向我的感谢的眼神是前所未见的。

船上的人都担心共产党军队是不是先我们到了闽清，可是当我们在早上10点到达时，他们并没来，县城里却住满了政府军，他们是走陆路从永泰来的。他们正在把共产党军队赶回上游。我穿过人群来到医院。

"我到了，有什么重要的事啊？"我说。

"我们叫你是因为一个产科的问题"，月莲说，"我们接不下这个孩子，我们尽力了，我们最后给产妇打了脑垂体激素，可是她死了。"

他们尽力了，可是他们在打垂体激素时弄破了子宫。我的离开造成了这个生命的失去。

我走出医院，走进男童学校，在门廊坐下，坐在黑暗中。我想起来，当奥林接我走时，我心里有个声音说别走，我现在相信我必须聆听我心内的声音，不管它来自何方。我发誓决不再违背我"内部"的光。我坐在黑暗中，心中悲苦。这时宗岱来了，他给我端来一碗热面条，他在黑暗中从医院一直端到这里。他总是了解我心中的纠结，以一种无声的特别的方式表示他的同情。他坐在栏杆上看我吃面条，他看着，我不能不吃。

第二天共产党军队到了上游30里的水口。人们又来催我走，宗岱尽力地劝我，福州的领事也不断来信，但我不为所动。几天后传说共产党军队当晚就要来，而且要打大仗。县城里有一百多人离家上山度夜，如果共产党军队真来，他们从那里容易逃走。很多人雇了船泊到城外下游去睡觉。

那一夜我们有病人临盆。月莲陪产妇坐着，我们一起等待婴儿降生，同时听着窗外人流左冲右突的声音。后来，变为死一般的寂静，好像是被抛弃的城市。婴儿最后在午夜降生，还是没有共产党军队，只有谣言。

1932年的夏末，郑医生跟传教士们一起回来了，医院事务恢复正常。郑医生掌管了六都医院，华辉也回去上学，华星跟我住在县城，还有奥林一家人。奥林回来的那个晚上，他给我和以斯帖读《约翰·布朗的尸体》，我们边听边补袜子。

但是这并不是说福建的生活平静了。1933年秋天，十九路军从中央政府手里夺取了福州，要求其他省份参加他们组成中华共和国。中央政府派了5架飞机来炸福州，很快十九路军向上游撤退，蒋介石的部队又控制了福州。但是十九路军控制了从闽清下面的白沙到延平附近。部分十九路军的部队加入了共产党军队，所有到福州的交通都中断了。

土匪卢兴邦的几千名士兵进了县城，卢现在是蒋介石军队的军官了。我们周围的山上都布设了机关枪。从南京来的部队跋涉了40天来夺水口镇，十九路军被压缩在白沙到水口一线，过了水口就隐隐可见共产党军队了。更多的政府军向永泰移动，切断他们南边的退路。十九路军曾经在上海与日军作战表现英勇，现在命运不妙了。

成千肮脏疲劳的士兵开到县城来帮助卢土匪，他们来得匆忙，没有洗过衣服，在路过的村庄也没有找到多少食物。当这些饿兵进城时，我们找不到足够的米来喂养我们的人。不过不久他们就开拔了，从县城经过六都到永泰去截断十九路军的一切退路。路上成天挤满了行进的兵，他们很多人生了病，有的就躺在路边走不动了。运炮和炮架的马驴骡只能在路上走。路尽了，这些兵只好扛着笨重的战争设备爬山走陡台阶。

随着越来越多的政府军进入县城，我结识了一个青年军官，他关心士兵的一切。一天他和我说，他有100个士兵得了疟疾，他们来自河南、安徽、山东这些没见过疟疾的省份。除了遭受行军的疲惫，长期的暴晒，食物的变质以外，他们现在又受疟疾的折磨。我让他把病号送来，严重者优先，病床满了为止。

这些兵病得很厉害，有一个高烧到华氏107度。护士和我一起坐在地板上给病人做被子。我们从传教士的箱子里找出旧桌布来做被子，但到最后还缺一条。我把我曾祖母的被子搜出来给了最后一个发抖的病人。这被子是我很小的时候曾祖母给我做的，我很宝贝它，谁都不让碰。我来中国时带上了它。它是用布片拼成的，边缘和线是火鸡红的颜色。这次它派上了用场。

# 第二十二章  斯蒂芬的农业·蒙古马·大火

1933 年、1934 年两年我都驾着老车奔波在两个医院之间。

土匪仍然存在，另一支部队到县城驻扎，他们开始积极地剿匪。有一天军队在四都包围了一所房子，里面有土匪。但是土匪很聪明，他们抓了农民作人质。士兵们点着了茅屋，但是土匪强迫农民爬上房顶扑火。可怜的农民不得不去做，他们对外面的士兵喊，他们是农民，不是土匪。但是士兵们只懂国语，他们向农民扔手榴弹。7 个无辜的农民被炸成碎块，而土匪除了 3 个都逃脱了。3 个土匪被斩首，头挂在集市上以儆效尤。

尽管政治形势不稳，可是斯蒂芬始终快乐地在他的实验室工作，他在六都河对面（坂西村）的一片肥沃田地里盖了一所很好的小房子，他、香姊妹、他的小宝宝和狗住在里面。他养了一大群山羊，雇了一个羊倌每天放羊。他还想把白猪引进闽清，因为这猪比本地猪种长得大，出肉多得多。他买了一头白猪运到六都来，但是它被晒伤得太厉害，最后就放弃了。福建的太阳太厉害，连荷兰奶牛身上的白色部分也受到了一定程度的晒伤。但是荷兰奶牛已经长得比本地的黄牛大了，所以斯蒂

124

芬继续乐观地养着它。他还动员当地农民养白鸡，白鸡产蛋比本地鸡种多一倍。但当地人认为白色是丧葬的颜色，农民不接受新鸡种。斯蒂芬给了每个传道人一些小鸡，希望在看到别人的鸡一年能下 120 个蛋而不是原来的 60 个时，当地人的态度能够战胜传统。虽然成果还有待观察，但为了改善本地农民的条件，斯蒂芬总是热情如火地搞他的各种实验。他不断地举办训练班，访问家庭和种实验田来介绍如何才能在同样的一块土地上提高产量，改善质量。

我的工作不断扩大，中国雇员不断增加。所有我们的护士毕业生，未婚的和已婚的都带着兴趣热情地参加了工作。因为考虑在十四都建一个医疗中心，两个护士被派到那里去（址设金沙教堂内），我每周去处理一次疑难病例。不久之后，在白云渡也建立了一个类似的中心（址设云渡村），那里也派了两个护士。因为郑医生还需要休养，我不仅管两个医院，而且每周都要去那两个乡村诊所。除此之外，我们保留了对其他村子的周期巡诊。这些意味着每天从黎明工作到深夜，只要有空闲，我就抓紧时间睡一会儿。

因为滑竿太贵，而且也慢，不可靠，我通常都是步行去远村。盘旋曲折的山路和陡峭的山使我腿痛，尤其是一连几个月走在福建怕人的炎热中。我实在需要匹马。当地的军事长官听说了我的辛苦，送给我一匹蒙古马。这可方便多了！我让一个仆人把它骑到六都去，因为我要开车运送药品和煤油。第二天早晨，我就骑着新马经过危险和困难的山路到十四都和白云渡去照看诊所了。

士兵们告诉我这匹马不会游泳，但是去白云渡必须过河（梅溪）。船夫不知道摆渡处水有多深，他们也不敢把一匹爱发脾气的马装到小船上去。结果只好是我坐在船上，牵着我的蒙古马的缰绳让它跟着游泳。

其实它游得很好。到白云渡的那天我就从病人屁股上切掉了一个小孩头那么大的瘤子。已经走了 18 里，回家还剩下 9 里，马一跑就到了，连汗都没出，我却连进屋都困难了。这是我 5 年来第一次骑马。

1934 年 12 月①，我被叫到福州去看好朋友夏先生，他去福州时生病了。我发现他的情况不好，似乎是所谓的脑疟疾。马高爱实验室的报告显示他的血里满是疟原虫。可是一个医生拿他当伤寒治，另一个说他是脚感染。夏先生脑子清楚，但是不能看也不能谈话。他的妻子一直陪他坐着，他们给他打大量的盐水，使他因动脉阻塞升高的颅压变得更高。当我看他时，他的脑动脉已经被成团的疟原虫堵塞住了。

他的体温不断升高，最后他死了。

他是我的好朋友和牧师，在许多危险的情势下，他总是给我正确的意见。如今这个英俊的年轻人在他一生最好的时候去世了，丢下一个孀妇和 5 个孩子。他也丢下了他在闽江两岸的教区，那里的人们将长久地怀念他友好的态度、高尚的品质和睿智的箴言。

在我就要从福州出发时传来消息，县城闹了大火灾②。第二天当我们的船到达时，我见到的景象还是超出了我的想象，县城已经变成了一大片冒烟的废墟，阒无人迹。整个地区都变成烟冒上了天，可是当我转过街角，我惊奇地发现我的小小的医院居然还站着！在冒烟的灰烬旁，几只孤独的猪悲哀地咕噜着。所有的布店、菜摊、米店、伞店甚至邮局

---

① 1934 年 12 月时间有误，应为 1934 年 1 月或 1933 年 12 月，这样才能与以下火灾时间和下一章开头时间相符。——校者注

② 据闽清县志载，民国 23 年（1934）1 月 30 日县城火灾，自午至晚，烧毁民房、店屋近千间，死 1 人，伤数十人；340 户受灾，占总户数的 56%。——校者注

都没了。在医院里，宗岱告诉了我大火的细节。火是从理发店烧起来的，在强风作用下迅速蔓延，把全城都吞没了。人们尽可能地带着值钱的细软上了山。因为风向突然变化，医院、教堂和男童学校得以保全。

但冷静的人们已经开始从灰烬里收集残余。我早上 5 点到，在温热的灰烬中已经摆开了一张小桌子出售破烂的雨伞。过一会儿又一张小桌子出现，上面有几个橘子，另一个有些蔬菜。到早饭时，一个临时肉店开张了。上午晚些时，一个人凑一个泥炉和一张桌子给站着的食客提供午饭了。居民逐渐地返回了，下午这个小城重新活跃起来，人们辛勤地在还未完全冷却的热灰中忙碌着重建家园和做买卖。这就是中国人的精神，中华民族是一个不可征服的民族。

我再次感到一种激情，想要了解这个民族的巨大潜力。他们身后有着许多个世纪的高度文化、深奥的思想观念和巨大的历史成就。我欣赏他们的力量和耐性。他们顽强地忠于他们的信仰，他们为了他们认为正确的东西不惜受苦和牺牲。我非常相信他们有能力在新的道路上成长和发展。我相信中国人最终将建设起一个世界上最伟大的国家，也许那时美国已经开始衰落。

# 第二十三章　我在闽清最后的日子

1934 年 12 月，主教来信让我立刻回家休假。当年夏天早些时候我去过马高爱医院拔一颗闹事的槽牙。因为没有外科牙医，这手术是一个一般外科大夫做的。做这么个手术，他忙了一上午加半下午，他不但切血管而且还切神经。他击打我的牙床引起了破伤风，后来几个月我都张不开嘴。为了进食，他们拔了我一颗门牙，腾出位置好往里注入食物。我非常不舒服，因此听到可以回美很高兴，我需要在牙床纤维化之前得到特殊的治疗。

但是我不想错过在闽清过圣诞节，于是我们按计划进行，月莲、宗岱和我在县城庆祝。当天最可记忆的事是我们给监狱的囚犯送了热饭。刘牧师（县城真源堂的刘乃培牧师）参加了我们的活动，我们端着饭排成一队走在刚复建起来的新街道上。刘牧师带来了一大篮橘子，另一个人装了两煤油桶热蒸面来。宗岱的兄弟端着一大锅红烧肉。

一位官员在一个由木栅围起的区域里接待了我们。里面又是一道木栅，栅后就是囚犯住的又暗又潮、气味难闻的房间了。从黑暗中出来一个人，脸色苍白，身上全是疥疮，脚腕子上带着镣。我本来要给每个囚犯一条肥皂，但是他们说不必费那个事，囚犯从来不允许用水洗的。又一个人从暗处出来，他脸上满是病色，愁苦而绝望，我看出来他身体有病。这些是人，但是被像野兽一样关在笼子里——在非常悲惨、饥饿、寒冷、肮脏的条件下。他们经受严重的精神压力，不知何时能出来。他们中许多人一个钱也没给家里留下。又有几个人慢慢地从黑暗中出来，他们的每一步都伴随着镣铐的响声。看到美味的热面条和红烧肉，他们可怜的红眼睛放了光。刘牧师和宗岱用长勺子穿过木栅给他们的碗里盛食物。一个囚犯不好意思出来，请另一个人拿他的碗出来取食。

囚犯中有一个悲哀的老人，他被关的原因是他的儿子是土匪。另一个囚犯是十几岁的小伙子，他被无限期地关押是因为他的邻居报告他"打算"当土匪。另一个年轻人被投进这个肮脏的黑洞是为了治他的鸦片烟瘾。有一个人曾经是我们的青年教师，他离开我们之后就当了当地的警官。他工作认真负责，评价很好，但是有一次他罚了一个富人1000元，结果被判了5年。富人知道怎么搞幕后操纵。我不知道这种糟糕的刑事系统能维持多久，它肯定对改造那些落进它掌心的可怜人没有作用。

在离开闽清之前我尽一切努力想从中国政府获得带华星出境的许可。但是带一个中国女孩出境很不容易，因为有一个新法律禁止此事。我不得不把她留下，斯蒂芬答应在我不在时照顾她。这时华辉已经在福州的华南女子文理学院读书了。

接下去是令人心碎的告别聚餐和聚会。到该我讲话时，我谈了对闽清未来医疗服务的梦想，有那么多的事我们可以做。比如说，我们送去学女科的两个女生快要毕业了，我希望她们能在附近村庄当教师，在那里她们可以把学到的知识传授给当地的母亲们。

闽清的监狱

该走了，我的手提箱装上了汽车，所有人都出来站到汽车两旁，送给我礼物，当时下着雨，我撑了一把伞，哭得像个傻瓜。所有的护士都哭了，王主管跑开了。3个男护士说不出话，斯蒂芬的眼睛红红的。

最后我尽力平静下来，给每人发了一个红包。我上车走了，后面传来震耳欲聋的爆竹声。斯蒂芬和我的两个女儿陪我去福州送我登上去上海的船。华星现在大了，知道真要分手了。下江这一路她都趴在我的上衣里，一动不动也不说话。当我登上了轮船，她要求上船去看，但是哨声响了，我把她递给斯蒂芬，她挣扎着哭喊着要跟我走。我站在甲板上悲哀地望着他们的汽艇消失在上游那边。她们回闽清了，没有妈妈跟着了。

在去上海的船上我回忆起我离开前的最后一次出诊，那时我的疟疾犯得很厉害，我只好乘滑竿过桥上陡山。请我的那个丈夫一路跟着我的滑竿唠叨。他说："我老婆已经临盆5天了。"

"那你为什么这时候才告诉我？"

"我们没有听说过你。稳婆们都失败之后我们请了算命先生和敲鼓的。后来有一个来走亲戚的女人过去在六都住过，他告诉我们有一个洋女人会接生。"

"你去六都了吗？"

"没有。我首先想到县城打听这件事，在那里有人告诉我你在医院呢。"

这个丈夫告诉我他老婆30岁，她14岁时结过一次婚有两个孩子，那个前夫得了老二之后决定把女人卖给现在的男人。他是个鳏夫，有3个成年的儿子。这个孩子是新婚之后的第一个。我们到他家时，他年轻的妻子已经失去知觉，脸白如纸，几乎摸不到脉搏。这个丈夫哭着出去了。借助产钳我很快接下了一个漂亮的男孩，当时屋外的人已经在唱挽歌了。年轻的母亲逐渐恢复了知觉，过一会我扶起她的头，把一杯茶送到她的唇边。此时丈夫正好进来发现她在喝茶。他热泪奔涌，一下给我跪下了。他哭着，眼望着我说："等你回到美国，请替我感谢送医生来帮助我们的那些好人。"

我离开了这对幸福的夫妇和他们的儿子，在柔和的阳光下走过陡峭的山路，穿过翠绿的松杉，呼吸芳香的、健康清洁的空气。宽的蓝水溪流在下面的山谷里蜿蜒，白沙镶边的山溪上有些人坐着小船来回摆渡。多么美丽的国家，多么可爱的人民！

# 第二十四章　南昌

离开中国一年多，我于 1936 年 6 月回到上海。宗岱和华星去接我，她当时已是一个 7 岁的小姑娘了。我们一起坐火车到南昌，我答应在那里工作一年再回闽清。宗岱坐在我旁边，给我讲我走后在闽清发生的事情。我既想回闽清去继续那个简单艰苦的生活，又想去看看中国的其他部分，不同的习惯、方言和居民。我想更多地了解中国，在当时那种特殊时刻回闽清未免过于局限了。而且，我还想积累更多做手术的经验，然后再回闽清。

我们坐了两天火车，先到浙江，然后往西入江西。这铁路是在我回美国的 17 个月里修筑的。我觉得中国向前跳跃了 100 年，我感慨旅行变得如此方便，此前我的旅行搭乘小船、滑竿、骑马是多么困难。我在费城时的朋友黄医生①和她的下属雇员在南昌站欢迎我，很快我们就在传教处的大楼里安顿下来了。

华星和我暂时跟一个传教士住在一起，这位女传教士很快就要离开

---

① 即原在闽清六都善牧医院工作过的黄燕玉。——校者注

去休假了。这个人不允许华星在桌上吃饭，因为她是中国人。因为这个人马上就要走，所以我接受了这个情况，没有跟她冲突，就让我的小姑娘跟黄医生一起吃饭。但是我错了。我不该容许这种情况哪怕是一顿饭，维持和气不如抗议种族主义更重要。这种人居然到中国来"转化"中国人，他们使我恶心。

黄医生给我讲述了这个大医院的历史，我就是来帮助她管理这个医院的。许多年前，九江的美以美会传教士格楚得·豪小姐收养了5个中国女孩。其中之一是埃达·坎（康成）①，她成了一个医生。她在九江行医数年，在1900年她被叫到南昌去看病。一个女传教士陪她去，这个女传教士没有穿中国服装，因此特别显眼。在南昌一群暴民看到有怪样子的外国人，就向她们丢石头。幸好这两位妇女躲到病人家里，没有受伤。可是这个中国女医生被这种族仇恨的暴行刺激，她要求主教把她派到南昌去行医。1902年，她跟养母豪女士一起来到南昌行医。当地人感佩她的医术，给她建了一个小诊所。她和豪女士用自己的钱行医，当地人深受感动。市政府从公共粮仓里拨了1000担米，用这卖米的钱，她们建了一个很好的诊所。后来主教高度评价她的工作和影响，筹了一笔钱给她建了住宅，我现在住的就是这个宅子。又过了几年，当地人赠送的礼物越来越多，钱够了她就建了一个大医院，她自己经营这个医院，直到黄医生来。黄医生离开闽清后就来了这里。埃达·坎几年前去世了，因为没有别人帮助，黄医生一个人干，负担过重。

---

① 康成（1873—1930?）是一个热诚的美以美会教徒，她和好友石美玉（玛丽·史东）是中国最早的女医生。她于1896年从芝加哥大学医学院毕业，把一生都献给了为华东人民提供医疗服务、宗教教育和社会福利的事业。——编者注

虽然这里夏天热得要命，但我对这个古老的中国城市还是很感兴趣。它的名字几经变化，到500年前的明朝才固定下来。据当地人说，最早的城墙是公元前200年建造的，29英尺高，有6个城门和15英尺深的护城河。

蒋介石1927年夺取了这个城市，他拆掉城墙，填平护城河，在原地建造了两英里直径的"环城大马路"。从我的住处到传教所、教堂和总医院的路叫"环湖路"。我喜欢这路，路旁的湖是市中心的一块美丽珍宝，它有时像一片纯银，光滑湖面上的白雾就像成群的仙女。灰色的野鸭，黑白两色的天鹅在清水上安静地嬉游。湖周围清浪拍击红土，湖岸上的房屋倒映水中。湖心有小岛，下午薄暮时分湖上有时垂下淡紫色的雾。湖的色调总在变换，常经过这里的人也未必能看尽。路的外侧是一个公园，开满了美丽的花，有浅水池供儿童戏水，有现代化的滑梯和平衡木，一个棒球场，一个露天音乐场和免费电影院。

不过这是南昌的现代部分，它还有从未被进步触动的部分，我喜欢在那里漫步。街道窄得只能容一辆黄包车。街面上铺着手工凿就的石板，有3英尺长，被几百年的步行磨得凹陷了。完全用白色大理石建造的古老的高士桥跨在一条小河上，妇女们抱着桥柱求子。据说清朝的贡院就在这桥的附近，但我从没找到痕迹。

当下午休息时我出来观览南昌——绳金塔、施舍米给穷人的公共厨房、孤儿院等。一天的其他时间我在医院里工作或者去巡诊。在我们6月刚到的时候，院子里很香，有兰花和木兰在盛开。兰花是少见的品种，钟形浅绿的花上有棕色的斑点，香气浓郁。木兰树的花是蜡白色，它的香味让我几乎沉醉。我爱在晚上看它开花，黑暗背景下的白花格外醒目。

在这个环境里，华星跟我住在一起，有一个当地女人给我们做饭和打扫。7月末的一个下午，华星忽然大叫一声，冲出门去，因为她听见有人说福州话。我也冲出去，看见了三姐①，她是从华星一个月大起就照顾她的。她跟开珠②一起来找我们，开珠已经在南昌总医院上班了。华辉在南昌的另一所医院继续学护士，她也来参加这个说福州话谈闽清事的聚会。国语对我来说是个新语言，所以在这个福州话之夜就有了回家的感觉。

夏天过去了，9月带来秋天的气息。我很想念闽清，想念它长满金色稻子的山谷和稻田间曲折的小河，穿蓝色衣服的男男女女在收割。我好像可以闻到成熟稻穗的清香，可以听见打谷的沙沙声，好像可以看见周围环抱的高山和蜿蜒的山路，从稻谷的金色走向大山的蓝色再走向遥远天边的紫色。我看到闻到听到闽清的收获季节，我心向往之，可是真想不到，我再也没有回过那里。

---

① 即刘三嫂，也即后面所称的"三姨子"，是闽清六都善牧医院工友，原给茹丝当炊事员、洗衣服、照料华星。——校者注

② 即詹开珠（1914—2008），闽清县白樟人，原六都善牧医院男护士。20世纪50年代末至"文革"初期，曾任白樟保健院院长。——校者注

# 第二十五章　江西的病人

1936 年 11 月的江西有壮观的菊花和美丽的大丽花，中国人总是赞美菊花，他们的诗里提到菊花比别的花更多。这是"洁净"的花，有"傲骨"的花，就像培育它们的文人本身。它们象征长寿和坚忍。

月初的病人里有一个年轻的妇女，她患了卵巢囊肿，肚子很大。我做手术时用了局麻，沿刀口线注射了普鲁卡因。病人没有疼痛和不适，一个 15 磅重的囊肿被顺利取出。

几个星期后，我们在当地报纸上看到一则广告，上面是这样说的："感谢妇幼医院，使我们获益良多。我蒋乐生是个穷人，我妻因肚子异常膨大，需要开刀。医生取出了 15 磅重的一个球。4 个星期后，我妻离开医院，十分健康。无法表示谢意，只得诉诸报端。蒋乐生。"

这个广告之后，人人都知道这个医院有个医生会开刀，病人大大增加。两个患乳腺癌的妇女来了，我做了彻底清除的手术。两个病人得了脊柱结核，我给他们上了布莱德福氏架，① 大大减轻了他们的痛苦。我

---

① 即 Bradford Frame，是大腿骨折和脊柱结核患者的床架。——译者注

们治疗了大量脸色苍白的感染血吸虫的小孩。一个 11 个月大的婴儿已经发烧了好几个月，一个医生甚至切开了他的耳鼓。我们从他的血里检出大量疟原虫，于是按疟疾治疗。4 天后他的烧退了，胃口大开。医学书籍上说疟疾造成白细胞数量下降，可是在这个病例和许多闽清的病例中，白细胞有时候高于正常值。

一天，一对农民夫妇抱来一个病得非常厉害的女婴。"在她之前我们有过 9 个孩子，每个孩子都死于同样的症状。"这父亲说。我查看了婴儿的喉咙，立刻给她用了白喉抗毒血清，然后我培养了母亲喉咙的组织，是阳性，于是我也给母亲用了抗毒血清，直到组织培养呈阴性为止。与此同时，孩子也好了，夫妇大喜。

"妈妈的喉咙里有小虫子"，我这样给他们解释，"所以我给她打针杀死虫子。现在你们可以抱孩子放心回家了，她情况很好。"

一个女乞丐抱了她濒死的小儿子来。她故意把儿子饿得半死，显得非常悲惨，这样有利于增加她的收入。这孩子还活着，我们收他住了院。一个星期之后，他睁开了眼睛，张开了小手。这时他的妈妈想让他出院，"如果他全好了，我就要不成饭了。"她解释说。

因为我不能说服她，我叫了刘泰清小姐，我们新的社会服务员，告诉她这个情况。

刘小姐看着这个乞丐，眼睛瞪得铜铃大："如果你现在把他抱走，我就叫警察！"她尖声说。女乞丐被赶走了，我们给这孩子调养直到他完全恢复。

一个星期天，一个人来叫我到他们村子去。"我妻子生产已经 8 天了，没人能接下这个孩子，医生你能来吗？"去那个村子没有路，只有稻田中石头铺的小道。仅有的交通工具是中国式的独轮车，中间有一个结实的大轮子的那种。如果运客，这个大轮子就用木箱盖起来，两边有架子，护士坐一边，我坐一边，必须背挺直，脚踩踏板。一根宽带子挎在拉车人的肩膀上，他两手各把住一根车把保持平衡。车轮是木头的，用铁包了边。这车的声音很响，离得很远的人都知道我们来了。铺路的长条石是一块块对起来的，独轮车从一块石头到另一块石头造成很厉害的颠簸，发出单调的催眠韵律。我宁可走，但是那会破坏车子的平衡，让护士也不得不走。这7里路走了两个小时。

快到小村时，我们看到挤成一团的房子，听到织布机的沙沙声和狗叫声。到了地方，他们没迎我们进屋，而是引我们到一个肮脏的棚子，棚子里站满了男人、女人和孩子，他们拼命喊叫，敲锣打鼓，还挥舞着铁叉子。他们这样努力是为了把鬼吓跑，但是他们给这已经很脏的棚子带来了更多的灰尘。这真是可怕的喧闹。产妇躺在泥地上的一堆稻草上。几个女性亲戚蹲在她周围，脸颊上都是眼泪，她们又哼又哭显得非常伤心。她们头上挂了一张渔网，用来防止鬼侵害这产妇。

忽然这群人一下安静下来，因为他们看到一个白皮肤高鼻子的外国"女鬼"走了进来。我说："在我接生时，男人和孩子请离开。"可是谁也不动，只是笑。我抓起一根他们的"鬼叉"，嘴里发出嘘声开始赶他们走。因为我面带笑容，他们开始时的惊恐表情也化作笑容了。他们急忙跑了出去，回头看外国"女鬼"还在挥舞"鬼叉"呢。然后他们又想回来，但是我和护士终于把他们全赶走了。我们把门窗都用米袋堵上了。护士烧开水消毒器械，我扶产妇躺在一个长的谷物箱子上。在周围妇女的众目睽睽之下，我用产钳把孩子接下来了。一切都做完的时候，火红的太阳正要落到紫色的山崖后面去。产妇的情况也还好。我们又坐上独轮车回南昌了。一路上，人们都站在门口看我们，跟闽清人一样。

当我们经过时，他们问拉独轮车的人和其他陪伴的人："她把孩子接下来了吗？"

拉车的人答道："她用一把长钳子把孩子夹下来了。"

我们一路都听得有人说："真的，这个女人就是活菩萨呀。"

有一天我被叫到东乡县去，这是南昌东面80英里的一个小城。因为要去的那个村庄正好在铁路旁边，我坐了三等车去，一路停了许多小站。这些小站都用尖桩篱笆或者铁丝网围绕着，防止小贩离火车太近。头包黑布的农村妇女怯生生地用手穿过篱笆举着一篮篮的橘子、鸡蛋还有6英寸长的甘蔗叫卖，因为必须在火车开行之前跑回去，旅客们迅速地跑下火车来买。小孩子把冰凉的小手穿过篱笆，展示父母给他们准备好的东西。几个年轻的小贩用肩膀把别人挤开，兜售竹篮里用不干净的布包着的蒸饺。

铁路旁村庄的泥房子没有窗户，屋顶上铺瓦。房子之间距离很小，村子很拥挤。铁路旁边的辅路上都是鸭子在走，猪肚子朝天地被绑在独轮车上送去市场，当然同时绑两个，分别在轮子的两边。它们一个比一个叫得响，压倒了车轮的吱呀声。火车呼啸着穿过种着冬麦、白菜、萝卜和胡萝卜的田地，冬天灰色的天空笼罩着远山，金色的光芒时而从山后穿出来。

终于到了东乡县，一个高而结实的德国传教士来接我。他领我从小路穿过收过稻子的旱田，来到一个有1100户的村子。环绕村子的是一圈深壕沟，有20英尺宽，沟内侧有高的防御工事，砌有砖墙。我问他3年前共产党军队围攻过这个村子吗，他说是的，但政府军队很快就来了，没有伤人。这个德国传教士告诉我这里的环境不错，村外的农场很大很肥沃，这里出产桐油和木桶装的蔗糖用于出口。

140

最后我们来到了他的家。他的妻子总是没什么理由就骂家里的厨师，说他是中国式的好面子。他们两岁的女儿发烧到华氏 104 度持续 6 天。我检查后判断她是脑膜炎，需要住院。因为第二天才有火车，我就在他家过夜。我发现他们的问题是不能适应在中国的生活，来两年了两口子都说不好汉语，而且认为他们的德国思维是唯一正确的。他们感觉失落，无法适应在外国环境中生活。我为他们遗憾，不知他们能为中国做什么。

我们治好了德国夫妇的美丽女儿，而且把她送回了家。几周之后这个父亲又叫我，这次这个小姑娘出了天花病，很厉害。"我家人不打预防针"，这个父亲自豪地说，"因为上帝照顾我们而我们相信他。"

几天后他们金头发的孩子在我们医院里死去了。在葬礼上我把他们叫到一边说："你们失去了可爱的女儿，因为你们拒绝了上帝给她的礼物，这礼物就是预防针。如果你继续拒绝上帝保护儿童的礼物，你们可能还会失掉你们的儿子。"

于是这对夫妇答应让我给他们的儿子打预防针。中国人失掉他们的儿童因为他们不懂得打预防针，这可以理解。这对德国人的无知我就无法理解了。

随着 1936 年冬天的来临，我扩大了我们的工作范围。通过社会服务员刘小姐，我们得到批准可以访问当地监狱的女犯。监狱里有 85 个女犯，挤在 9 个囚室里。她们一天只得到两桶水供饮用、洗涤和做饭。虽然说要教给她们做某种工业上的工作，但其实整天什么都没做。国民党政府提倡的新生活运动没有为这些人做任何事情。

这些女犯急于告诉我们她们的病痛。一个共产党人的妻子也在这里，我们给她治了沙眼。这个不幸的女人只有 27 岁，听说她是没希望出狱的了。她参与了她丈夫的活动，没人敢提出为她减刑。另一个年轻姑娘被判了无期，因为她把自己的婴儿丢到河里。我想起我在福建曾看到人们把婴儿丢给猪吃或丢到河里却从没忏悔过。刘小姐每星期日都陪我去监狱，在我看病时她跟她们说话。

在复活节，我给每个女犯一束复活节百合。这些女人在栅栏门后面等着我，当她们看到花时都争着从栅栏里伸出手来要。她们爱花爱美，这使我相信即使这些可怜的女人，如果能放她们出来的话，也具有了不起的潜力。刘小姐怀有高度的理想，聪明而富有同情心。她是做这种工作的恰当人选，她能跟这些人交朋友，赢得她们的心，使她们转变态度。

# 第二十六章 中国的孤儿院·南昌庆祝
释放蒋介石（1936 年 12 月）

刘泰清小姐生在汉口，当她还是个婴儿的时候，她父亲把她跟朋友的儿子指腹为婚。可是那个男孩很弱，经常生病，在他们结婚的前一天死了。刘小姐在葬礼之后去找父亲，求他不要再给她安排婚姻。因为他们订过婚，她认为有义务照顾死者的母亲直到去世为止，所以她请父亲答应让她去做社会服务工作，她父亲同意了。她在汉口接受了社会服务的训练，后来在汉口基督教女青年会工作过几年。正好在我来之前她被派到南昌，在这里做的第一个工作是组织那些受过教育的有权势的妇女，告诉她们怎样才能够帮助解决城市的社会问题。她工作的成果是组织起南昌基督教妇女联盟，这个组织给她的各种活动提供了资源。

刘小姐是非常智慧又有热心的人，她思维清晰，秉性正直。她的注意力集中在人和人们的问题上。我们是非常好的朋友。我到南昌不久，刘小姐就带我去了筷子街的市孤儿院，那是一个很大的中式老房子，墙是红的窗框是绿的，房间很暗院子很冷清。我们走进一个大房间，里面摆满了一排排当做摇篮的竹篮子，每个篮子里装两个婴儿。这个政府控制的庇护所收容弃婴，其死亡率是每月100名，有一次一天就死了40个。每3个婴儿有一个干瘪老太婆作奶妈。一块洗脸布一个脸盆供全体婴儿使用，因此淋病像野火一样在这个孤儿院里传播，相当大比例的婴儿眼睛瞎了。

最近一个很好的年轻女人致力于改善这里的设备和服务，她在北平受过这方面的训练。基督教妇女联盟强力支持她与那些从孤儿院的恶劣管理受益的人作斗争。这个勤奋的女人逐渐引入有知识的年轻姑娘到孤儿院工作，训练她们用标准的婴儿食物喂养和照顾孩子，给每个孩子都配备了单独的洗脸巾和脸盆。在几个月里，感染眼病的婴儿数量大大减少，死亡率也降到了每月18—20名。更重要的是，这个新主任成功地为婴儿找到好的收养家庭。在南昌，许多妇女都愿意收养女孩或者给儿子找童养媳，但前提是女童必须健康。

刘小姐也领我去看了一个收8—14岁儿童的孤儿之家，这里有250个勤劳的赣南农民的结实的孩子，他们曾经得到过父母的爱和照顾。

在1936年圣诞期间，刘小姐带我去了一个容有160个儿童的孤儿院。我们站在一所破庙的院子里进行圣诞活动。刘小姐最小的养女和华星给孩子们唱了圣诞歌曲，然后刘小姐请孤儿们唱点什么。这160个孩子站在一起，头都转过来以很大的音量和和谐完美的旋律唱起来，他们漂亮的脸蛋儿高兴得放光。这使我感动得流了眼泪，这些小孩虽然经历了那么多恐怖，他们还是强壮和健康，而且显然很快乐。他们长大之后会是中国的好公民。我想他们受过的苦帮助了他们的发展和成熟。

不久之后我参加了一个团体，为首的是一个高官的妻子。我们去给城外的一个孤儿院送热饭。当我们进入他们的院子时，看到一张张满怀希望的小脸，我们都深受感动。高官夫人发表了漂亮的讲话，可是忽然她情绪激动讲不下去了，眼泪从她的面颊上流下来。孩子们也哭了，我们都哭了。

那天晚上我们医院宴请全体医护人员、教师、本城的牧师等。客人们来齐之前我收到一封信，是闽清的新县长①来的，他请我回去做原来的工作，许诺政府会支持我。我向往回到那个偏僻的地方把工作担负起来，减轻闽清人遭受的疾病、迷信、文盲之苦。我心里激动，想回去。

黄医生，一个南昌省立大医院的男性负责人在当晚席上坐在我旁边。我们讨论了改善中国医疗条件的计划。"来这里之前你在哪里工作？"他问。

我给他讲了我在闽清的工作。

他说："一个好医生不应在农村工作。政府的政策是训练二级人员到那些区域工作。他们受过训练，可以力所能及地处理当地的情况，而把他们没有能力处理的病人送到城里来。中国将在 50 年到 100 年的时间里训练出足够的医生来为全民服务。在此之前，每个受过充分训练的医生应该在中心城市服务。"

我们还谈了蒋介石，他在西安被张学良扣留，谁都不知道结果会怎样。正在这时，有人跑进房间来激动地宣布："委员长被释放了！"②

------

① 　新县长名王亚武，江苏东台人，民国 25 年（1936）任闽清县长。——校者注

② 　蒋介石多次强调，日本是皮肤之疾，共产党是心腹之患，即使在 1931 年日本侵略之后他也这样说。当共产党从江西经过历史性的长征到达陕西的延安之后，蒋发动了最后的攻击。他命令"少帅"张学良的东北军进攻红军。东北军的官兵中弥漫着不满情绪，认为他们应该打日本而不是打红军。1936 年 12 月 3 日，蒋坐飞机到西安鼓舞士气。12 月 12 日发生了兵变，蒋被迫接受第二次国共合作以抵抗日本。他在圣诞节像英雄一样回到了南京。——编者注

有人说："恐怕是谣言。"大家都接着吃东西。黄医生和我从椅子上溜下来，走出房间到走廊上去，从那儿可以听到城市的噪音。大群的人在喊口号、唱歌，鞭炮声响成一片。

　　正式的消息来了，说是蒋夫人飞到西安促成了她丈夫的释放。后来听说抓蒋时得到蒋的随身笔记本，发现那里面没有一点自私的想法，每一页都写满了如何造福国家的计划。无论如何，释放蒋是精明的策略。窗外非常热闹，似乎全城都快乐得几近疯狂，人们喊口号唱歌放爆竹直到深夜。报纸报道说全国都是这样。

　　在圣诞平安夜，全城举行了庆祝蒋的释放的盛大游行，长长的队伍提着巨大的红黄两色的纸灯笼，有的是飞机形，有的像巨大的城门，上面写着蒋的名字。其他灯笼代表其他政治领导人，我可以认出蒋介石和张学良，还有其他知名官员。城市的公车都布置起来，车头是蒋的全身画像，车里装载着城市的各界领袖。

　　游行中有各种中国的乐器，无数竿子挑着鞭炮不断炸响。歌声、喊声、欢呼声、音乐和震耳欲聋的鞭炮声不绝于耳，几百人举着火炬。游行队伍有两英里长。当它经过环湖路时，湖水上映着金红两色的光芒，直到它逐渐远去。

# 第二十七章　对新生活运动的热切期盼

　　1936 年圣诞之后，我对新生活运动感兴趣，这是国民党政府发起的运动。我偶尔遇到王朵拉，她是新生活运动妇女部的新任主席。她是一个有魅力的知识妇女，致力于这项工作。运动的目的是提倡古代圣人孔夫子的道德标准义（规矩的态度）、礼（正确的行为）、廉（诚实）和耻（正直）。[①] 运动背后的基本思想是改造中国人，建立健康的经济和复兴国家。

　　黄医生和刘小姐领我参加了第一次女界的新生活运动大会。大会在一个大礼堂举行，一群胖胖的年轻姑娘穿了警察制服在维持秩序，她们忙着把哭喊的婴儿和母亲赶出会场。这不太寻常，我敢肯定，在我到过的中国的地方都是容忍啼哭的婴儿的。比如在闽清，在教堂活动时没人在乎婴儿的吵闹。大会的主题是人人都要用双手来劳动。主讲人说，老式的思想认为有钱有地位的人劳动是不体面的事，但是任何一个学生如果不劳动都是错误的。学习固然必要，但是如果不劳动那就体脑不平衡

---

　　① 茹丝对礼义廉耻的理解不完全准确，这也难为她了。——译者注

了。我认为，如果中国的知识分子接受了这种思想，那就是建立新中国的第一步。会议厅内陈列着精美的手工制作，主要是缝纫和刺绣，其宗旨是给来宾深刻的印象，让他们回家也要学着做。

在回家途中我问了许多关于新生活运动的问题。黄医生和刘小姐说新生活运动的主要目标是生活讲卫生，反对铺张浪费，反对贪污受贿，禁止吸烟和随地吐痰。这个运动要提高中国人的生活水准和建设新社会。运动的领袖们希望中国人能做好准备实现从农业社会向工业社会的过渡。新生活运动被认为是中国实现现代化的努力之一。政府对这样做的必要性早有认识，现在他们开始推动各种工程以开发自然资源，改良农业生产，建立新工业，改善运输和水土保持，要把税收建立在科学的基础上，要达成劳资之间的合作。

运动的直接效果已经表现在警察、售票员等公仆的礼貌行为。

"火车现在准点了。"有人自豪地说。

"火车干净了。"另一个人说。

"在南昌的街道上现在禁止吸烟和吐痰了。"

"人出门时必须扣好扣子了。"

这新伦理也适用于外国人。一个男传教士在街上被警察喊住，让他扣好外衣的扣子。

黄医生和刘小姐说，有 17 个大学生到赣南去，要振兴这个被内战摧残的地区。这些勇敢的年轻人主动拿自己的健康冒险，进入这个疟疾肆虐的穷困地区，那里很缺少食物。我还听说有不少志愿者，受 3 个月严格的训练后去当反共十字军。他们的目标之一是禁止盐、食物、棉布进入以延安为中心的共产党地区。这些人多数是学生，即使他们的朋友也不知道他们去干什么了。每个志愿者得到每月 12 美元的薪水，这钱部分来自庚子赔款，部分来自省和中央政府。其他志愿者受到的训练是管理邮政、协助军队和保障人民权利。

受训之后，各组志愿者再去训练各地的人士，其目的是尽量让本地人起领导作用。在各地的基地里建立强制性的学校，让7—10岁的儿童训练4个月。这些儿童中的最优秀者作为老师去教下一期4个月的新学童。也要建立初级的医疗中心。志愿者还要平息争端、鼓励筑路、教育妓女、禁赌禁鸦片、贷款、照顾难民和帮助农民。我不知道这么多宏大的计划有多少能立即付诸实施，但是看到人们开始意识到改革的必要还是令人激动的。我的朋友告诉我这些志愿者还鼓励节俭办婚礼、建造公共图书馆和公共时钟，建立有效的救火队，为苦力和乞丐提供居所，等等。

在我来到南昌的前一年，中国已经建立了57个新生活运动中心，听说它们的发展有如野火蔓延。在我们外国人看来，中国已经开始停止消耗巨大和残酷的内战而致力于大规模重建。

我在南昌有机会遇见许多中国领导人，其中之一是张福良，国家经济委员会的主席，他积极从事农村重建工作。国联已经派了3名专家来帮助改善赣南地区令人震惊的恶劣条件，他们建议从棉麦借款中拿出190万美元来支持合作社，建立农业研究所农村福利中心。张先生负责这个项目。这些中心选择在靠近公路铁路的地方，庙宇和其他公共建筑被用作项目的办公室。当地知识分子被训练担负领导责任，各个中心的项目支持农业、教育和卫生的工作，农业合作社也建立起来。一个初步的经济项目是植树，尤其是这个地区的桐树，因为桐油可供出口，还有白蜡树、松树和果树。这个项目还寻求改良稻米、鹅和猪的品种。已经采取一些措施来控制农业害虫。

该项目计划要为每100户家庭兴建一座学校，提供初等教育和某些职业教育。至少在纸面上，这个计划每年要增加4000所学校才能达到目标。这个项目假设合作社能运输庄稼、改良制糖、振兴地方工业如茶、亚麻和瓷器的生产。卫生工作要集中和合理化。我的朋友黄燕玉医生的堂兄弟黄医生领导的新的南昌的省医院将要负责从全省各地送来的严重病人。每个农村的卫生中心都应该有一个医生，一个护士和一个接生婆，但是不可能找到那么多医生。项目承认广大的人口都需要预防接种，对这种紧迫需要的无声的证明就是在3英里半径的范围内就有50个祭拜天花娘娘的祭坛。

一天下午刘小姐领我去看政府办的公民之家。这个设施是小型的砖结构，它容纳穷人居住。院子很干净，清洁的房间里有地板。每所房子里住两个家庭，每家有一个卧室，客厅和厨房公用。在一所这样的房子里我遇到了蒋乐生夫人，她的子宫囊肿被摘除是登了南昌的报纸的。她看见我很高兴，我们一起喝茶，我问她的丈夫是干什么的。

"他是政府学校里的茶房，每月只挣12美元。"

"学校供伙食吗？"我问。

"供伙食，但是要从他的薪水里扣3.5美元。"

"你们要付房租吗？"我问。

"要付，一个月3美元房租。我们还剩5.5美元供我和5个孩子吃饭穿衣。"

我们参观了这个项目的教学中心，女人在学针织，男人在学编篮子。

我还见了另一个当地领袖黄先生，他是警察署署长。他请我们3个吃饭，在漂亮的伯灵顿饭店，我们享用了美国式的乳鸽和冰激凌。

那是一个令人陶醉的晚上，有许多美国人在那里吃饭，有搞电影的、探险家、作家和商人。黄先生说他的警署有 2000 个警察，每月开销 2 万美元。他的警察都穿漂亮的制服，黑皮鞋，白绑腿，白手套和警盔。城市里非常安全，妇女可以一点不用害怕地半夜走在大街上。我问黄先生，中国是不是人口过多。

"不多。我们有足够的食物来喂饱我们的人民，问题在于运输。我们需要快速有效地把粮食从产区运往灾区。我们需要发展运输业。"

邮政长官刘先生也请我们去他家。这是个乐天的男人，他夫人殷勤和蔼，有 7 个漂亮懂礼貌的孩子。我们吃了一顿讲究的中餐，周围有 4 个电扇吹风。我问他关于蒋介石的事。

"他是个了不起的人，全心全意为人民做事。但是我们现在的条件太差了，北边有强大的共产党，东边有咄咄逼人的日本人，南边有一些本国人企图闹事。"

一天晚上，我们一个护士的富有的爸爸请我跟一群富商去吃饭。主人跟标准石油公司干了 30 年。我说我很佩服在南昌和中国其他地方的进步计划，佩服新生活运动的伟大目标。主人跟我谈宗教，我说："我恐怕是个不太正统的人。"

他谈到牛津组，这个宗教组织当时遍布中国较大的中心城市，我曾经在福州遇到他们的人。我说我知道他们，并列举我认为他们的信条中有价值的部分。

"蒋介石曾经奉行这些信条 6 个月。"他说。

"他有高贵的品质"，一个客人说，"他处于困境，面临太多的问题，但是他每天早上 4 点就起床安静地祈祷和冥想。"

"他的影响遍及全国，他的许多官员都是基督徒。"一个客人说。

我在南昌也遇到很多西方人。维罗·玛丽·海柯尔在总医院当传教士兼护士，她对我非常友好。她爱医学，没有种族歧视，有幽默感，所以我们在中国成为最好的朋友。一次偶然地遇到两个年轻的美国人，他们在长沙的耶鲁分校教书。他们喜欢中国的生活、历史、艺术，这使我们两个和他们亲近起来。他们想看中国的方方面面，他们曾经在暑假期间骑驴到落后地区去旅游。我们在一起十分快乐。我们4个去访问了南昌南边的一个麻风营。这所建筑建得好，位置也好。一个男护士住在那里，按时给病人打针。病人脸上看不到怕人的缺损（在闽清那个营随处可见），没有绝望的气氛。病人表情冷漠，这是症状，但他们被管理和照顾得很好。他们白天在很大的花园里工作。

　　在南昌可以看到全世界的人。我们遇见卡法睿纳先生，他在盐务署工作。卡法睿纳夫人是个迷人的仪态高贵的女人，她的英语比我的法语好多了。我们常在一起谈天。卡法睿纳夫妇在南昌发现了200个会说法语的中国人，经常请他们到家里做客。维罗和我有时跟他们的女儿和瑞果，一个在总医院工作的菲律宾医生一起打网球。网球场在官员们的风纪训导处，在山上俯瞰赣江，是一个迷人的地方。

# 第二十八章　医学·汽车·新式婚礼

1937年3月，春天来了，草好像瞬间就绿了，医院院子里的景象为之一新。鸟儿拼命地唱，老玉兰树花朵盛开，还有紫罗兰、连翘、洋水仙和草莓花。金色的梅花绽放在树枝上就像快乐的蝴蝶。各种颜色各种香味的玫瑰开了出来，水仙也开花了。

这个春天医院的病例越来越多，有的很特别，很有兴趣。一个6个月大的女婴有先天缺陷，她的大便从阴道出来。我成功地打通了她的肠道，修补了阴道的破损。不久之后又有两个婴儿是同样情况，手术也同样成功。

一个女人有巨大的卵巢囊肿，当我打开她的肚子后，发现肠系膜完全黏附在囊肿的前面，这迫使我不得不花费很长时间很麻烦地切断无数根大血管再把它们接上。盲肠也粘住了必须切除。当我们最后取出这个大囊肿时，把它放在磅秤上称出它有整整40磅重。我只用了局麻加静脉镇静，病人自始至终睡得好好的。

除了医院的工作，这个春天我还开始了地方的卫生项目。黄医生提供了两个护士，我们得以进行了当地学校的防疫工作。而且我们还进行了对医院病人的随访，到病人家去提供健康知识，满足特殊需要。我们还给医院的厨师、奶妈和其他仆役开夜校。刘小姐和我开办了婴儿保健班，妈妈和婴儿集中在美丽的草地上，刘小姐教他们唱歌，给他们讲故事，领他们做游戏，讨论育儿问题。在回家之前，每个妈妈把孩子带到我面前，我给他们做免费体检。连南昌以外的村子也邀请我去给他们办诊所。我想，如果我能买一辆小汽车，那就真的可以去，就像在闽清，由一个护士管理诊所，我每个星期都去。

那个春天我出席了在省医院举行的医学大会。与会的有40个医生，其中只有4个是女的。我是唯一的美国人。我很高兴能出席，尽管我不能全听懂那些报告，我的国语不太灵光。3月末，我坐火车（三等）去上海出席全国医学大会。经过浙江的一路上桃李争春，接近杭州时满田的油菜花就像金色的地毯。上千名医生与会，我很受启发，论文用中、英、德3种文字报告。

我在上海买了一部小福特车准备到江西的小村里开诊所。维罗到上海来看病，正好陪我坐车走。很幸运，福特汽车公司借给我们一个司机，我们一直往南开，左边是深蓝的太平洋，右边是金黄色的油菜田一直伸展到山边。晚上我们住在著名的古都杭州，第二天早上我们离开这美丽的城市往西走。公路很平，左手是清明如镜的河水，白色的鹭鸶站在水里，有时有鱼鹰插入水中。附近的山上长满了灌木，它开的花宛如新娘的花环。灌木的白色与大团的杜鹃花的红色相映成趣。树上挂着紫藤，梓树也开着花。这560英里的旅途上，我们心醉于枝叶伸展的樟树、优雅的竹林松树、橘园和桑园。冬麦还在地里，不时有烟草田点缀其间。有农夫在收麦，有的在为早稻耕田，有的已经在水田里播种黄色的稻谷。到达浙赣边界时天已近晚，我们穿过外内两重城门进了珠城，这城的街道狭窄，我们的车刚刚能过去。我们找了一家旅店过夜。

过省界的前一天我们是用轮渡过的河，可是在江西我们遇到了河上的高桥。这是什么桥啊！汽车每侧轮子下面只有一块板，因为这板距是为普通汽车设计的，我们的小福特要把轮子保持在木板上通过相当困难。从桥面到河面有50英尺高。幸亏有司机开车，如果是我只好掉头回上海了。即使如此，我们过一趟这个桥也断掉了两根弹簧。

我们注意到，浙江妇女穿裙子，戴一种特别的头饰，那里体面的房子都是黑白两色，他们的坟墓前插柳枝，用红纸装扮。可是往西进入江西之后，女人穿裤子，房子简单不油漆，茅草顶。在坟墓前，红纸就从石头上垂下来。一路上小村大村和镇子的名字都很有趣，试举几例："油树房"、"柳村"、"白沙"、"箭袋"、"龙游"、"河口"、"弋阳"、"贵溪"、"鹰潭"、"余江"① 和 "东乡"。

我们在一个镇子停下来喝茶，女人们围拢来，很有礼貌地问我们问题。她们问维罗："你多大岁数？"

"40岁。"她回答。

"40岁！不可能，你绝不超过20岁。"

这时过来一个老人，她们叫住他说："这两个女人说她们40岁了。"

"40岁！"老人笑起来，他从门后拉出一个13岁的小姑娘，说："这孩子50了。"他格格笑着走开来，嘴里还喃喃念叨："她们说她们40了。"

---

① 茹丝按字面理解，弋阳是飞箭阳光，余江是极富裕的河等，所以觉得很好玩。——译者注

回到南昌之后的初夏，我们庆祝了美雪①的婚礼。美雪是我们在闽清的护士，她自幼被父亲许给一个算命先生的儿子。自从她在六都学护士之后，认识了一个男护士艾伯·斯专司②。他们相爱了，一起存钱给那个算命先生，但是那先生还不满意，说如果他们在闽清结婚他就要找麻烦。他们俩听说我要到南昌，就到医院来找我了。在南昌一年之后，他们要结婚了。

因为新生活运动提倡节俭办婚事，组织集体婚礼，这对新人决定新事新办，在集体婚礼后再补一个小的宗教仪式。他们请我在婚礼上代替他们父母的位置，这使我感到光荣。美雪穿着她的黄绸礼服和租来的婚纱，显得非常漂亮。她乘汽车去集体婚礼的大厅，我在那里跟她会合。我找到了新娘们的房间，里面有7位新娘。其他姑娘多数都穿粉色的礼服，头上戴的和手里拿的都是比较不好看的人造花，有几个穿着肥大的美国式礼服，里面的汗衫还不干净。有的新娘在哭，有一个哭得直抽搐。还有一个在发脾气。美雪手捧我们园子里的新鲜玫瑰安静地站着，情绪也比较激动。

---

① 即吴雪娇（1912—2007），当时又名吴素琴，闽清县池园人，原六都善牧医院护士，茹丝到江西后她9月到南昌康成医院当护士。——校者注

② 即林能光（1911—1983），闽清县金沙人，1932年到六都善牧医院学习，1937年1月到江西找茹丝安排工作。据林自传记载，1937年4月21日，林、吴在南昌参加第三届集团婚礼结为夫妇，情况如书中所述相同。结婚时茹丝为主婚人，并送他俩美国毛毯一条、茹丝个人全身照片一张、六都医院汽车照片一张，可惜这两张照片在"文革"被抄家后丢失。现其家属仍保留一张当时7对新婚夫妇结婚合影照片。林、吴夫妇从20世纪50年代初起在金沙三区卫生所、金沙保健院工作。至"文革"初期，林任医生兼所长、院长职务；吴任护士、助产士至退休。——校者注

铜管乐队进场，热闹的乐声，人们蜂拥而至。婚礼开始了，新娘一个跟一个地出来。新郎陪着新娘走上台阶，走向等待在那里的官员。艾伯·斯专司身穿中式礼服和黑夹克，显得非常精神。华星衣着粉红色，刘小姐的女儿衣着黄色，拿着美雪礼服的后摆。仪式很简短，照了相之后，新人就乘出租车去新房。这个婚礼跟这些年来在闽清看到的大不一样。下午宗教仪式在我们的客厅举行。按中国传统，结婚不能少了红烛，在讲道台上立着两只很高的红烛，周围摆满暗红色的玫瑰。牧师重新宣布他们结婚，然后我们坐下进行小型聚餐。我们的仪式花了 30 美元，集体婚礼花了 12 美元。客人们环坐吃瓜子，快乐闲谈，直到 10 点钟才散。我在他们的房间里摆放了鸢尾花饰、红玫瑰和红烛，换上了新窗帘新床单。鸢尾花饰代表爱得深，玫瑰代表爱得真。婚礼的一天到此结束。

# 第二十九章　从南昌到重庆

1937年夏天，日本把中国推入可怕的战争，我向中国红十字会报名志愿医疗服务。在等通知期间，我把从福建跟我来南昌的人召集到一起，宣布我志愿参加医疗服务，那将是危险的，所以我不能带华星和三姨子跟我走。我悲伤地宣布我会让她们回闽清，至于其他人，他们要自己决定去向。这些福建人决定回老家，我悲伤地给华星收拾行李。第二天早晨他们就出发了，我望着滑竿送华星和三姨子下了牯岭的石阶（我们正在牯岭度假），好像失去了最珍贵的东西。①

送走他们之后，我安下心等待红十字会的消息。谣言满天飞。后来我们开始听到伤员的消息，对南昌的轰炸到处留下未掩埋的尸体。听说医生们都集中到芜湖和汉口去处理伤员，但是没人告诉我详细情况。我虽然还是在等红十字会的消息，但开始担心他们是否收到了我的申请。9月底，收到拉尔福·沃德的电报，他让我去重庆。我收拾行囊下山到

---

① 闽清六都善牧医院先后去南昌工作的有詹开珠、林能光、吴雪娇、黄碧瑜（坂东怍塆人）4名医务人员。茹丝决定参加抗战服务后，他们先后返闽。——校者注

九江去搭长江上行的船。

东边来了一条英国船，上面人满到船舷，连站脚的地方都没有。后来又一艘，再一艘，全都满载，再多一个人也装不下。东边来的难民都抢着上英国船，希望日本人不会炸英国船。我认识到，如果我想往西走，那我必须搭中国船，即使冒着被轰炸的危险。

后来很晚了，有两个人走过来好像认得我。"医生，你上哪儿去？这么晚了一个人。"

"我要去重庆，可是看来我只好走着去了。"

"你不记得我们，可是夏天你在山里给我们治过病。我们会帮你上下一班船。"

就像奇迹一样，他们把我举上了下一班船的甲板，我手里还有一张票。这艘船同样装得满满的。在饭厅里，预先付了高价的人可以得到一张直椅背的硬椅子，在上面可以坐一天一夜。我站在热烘烘的疲倦的身体之间，一小时一小时地过着。大部分人来自上海，已经旅行了三天三夜。逐渐地，我从惊惶的旅伴们口中得到了一些最近的消息。

"日本人轰炸了一个红十字专列，成百的伤兵就这样被炸死了。"

"他们轰炸了上海郊区的一个难民营，杀死了几百个妇女儿童。"

第二天下午我们到了汉口，我在汉口跟传教士们住在一起，等待去重庆的票。在等待的时候我只能从防护沙袋后面看汉口，因为日本人残酷地轰炸这个城市。在这次空袭中，200人被炸死，医院的人整夜忙着处理伤员。

在汉口我遇到不少有趣的人，其中之一是桂教授夫妇。先生在汉口大学教化学，夫人出生在纽约，共有6个姊妹。她父亲是一个中国牧师，跟一个美国姑娘结了婚。在南昌我认得桂夫人的姊妹张福良夫人。

她们还有一个姊妹嫁给了詹姆斯·闫，闫曾写过一本给不识字的人学习的书，卖了上百万册。另一个姊妹是艾莫斯·王的太太，王是北平的一个著名妇科医生。

我在汉口遇到的许多人都是刚从北平来的。"在通过日本人的关卡时，我们学生不得不装扮成苦力、奶妈、农夫或仆役。"一个学生说。

"日本人在我紧前面的男孩身上发现一块金表"，一个年轻的学生说，"当场就把他枪毙了。"

"一个教授在小包里有几本书，卫兵说了'过去吧'。可是当他走过卫兵时，这个日本兵用刀戳他的后背，戳死了他。"

"日本人在我们通过时摸我们的手"，另一个人说，"如果手上有老茧，就可以过。如果手是软的，日本人就把他从队里拽出来，别人就再也看不到他了。"

这些男女经历了多么恐怖的日子！他们多数都抛下了家庭，在中国西部流浪，身上只有很少的钱和衣物。

1937 年 9 月 29 日，我登上了一艘中国船富源号上重庆去。我有头等舱的票，但这船的头等舱就是一个无窗的小房间，里边有一架双层床，挂个帘子就是门了。为这趟旅行我带了卧具、脸盆、茶杯和 6 罐水果。招待员很快就给我的茶杯倒满了开水，我安顿下来了。一个 15 岁的农村姑娘是我的同室旅伴。她用手指擤鼻涕，动作粗野，到处乱吐。在门帘外面，许多年轻男人躺在吊床上。甲板上挤满了这种小吊床，到处有孩子在号哭，这一堆那一堆的人在赌博，说话声忽高忽低。

我听说甲板上这些年轻人都是海军士官生。他们好像很喜欢孩子，这里有 40 多个孩子，在吊床之间跑来跑去。士官生们跟孩子们玩，抱他们坐在腿上，喂他们在汉口买的蛋糕。中国的孩子在 7 岁之前基本没有管束，十分自由。7岁被认为是该懂事的岁数。一个小女孩跑到我跟前，问："你是从哪个贵国来的？"

我说是美国。

"噢，我说你怎么像个外国人呢。"

海军士官生们对我读的书非常感兴趣，那是一部两卷的关于中国艺术的书。他们趴在书上一连几个小时地看。

我后来终于弄清怎么上船顶了。我从船顶看宽阔的长江沐浴在金色的落日余晖中，两侧都是片片白帆，岸上绿树成荫。天空是珍珠般的灰色，间或有蛋白石的颜色，加上金色的阳光。坐了两天船十分沉闷，风力和阳光使我有了活力。

过了宜昌，我们进入著名的三峡的第一个峡。山变得很高，从两边向长江挤来。巨大的岩石突出在我们头上——像教堂那么大的岩石有红的有蓝的，它们不规则的边缘在灰色天空的背景上形成尖锐的剪影。讲台状的大石台高耸着，周围装饰着树干似的钟乳石。在有的地方石头裂开形成大洞，就像大教堂的窗户。奇形怪状的塔、锥、峰和2000英尺高的堡垒使人觉得进入了一个光线微弱的宗教圣殿。

在这些远古的岩石上凿成的粗糙狭窄的石阶被多少世纪以来的纤夫的脚所磨损。这些穿越历史的纤夫辛苦流汗，拉着绳套在奔腾的江上牵引客船和货船。被陡峭石崖拘禁着的大江野蛮地怒吼着、沸腾着、撞击着江边的大石头，一次又一次，江流被撞回来，形成直径达200英尺的疯狂的漩涡。

峡江也有支流，它从很远处翻越崖顶冲下来成为瀑布，从红色和蓝色的峭崖上垂下柔软的白练。有时这瀑布根本达不到河床，就在空中散成灰蓝色的细水雾，被风卷到峡里。再往下，这些水雾砸到崖壁上，形成一阵阵的跌水，就像火箭尾部的喷火。偶尔我们看到崖壁上有巨大的山洞，冒着绿白色泡沫的瀑布从洞里冲出来。

有时候在节节上升的峭崖上，你可以看见成丛的茂盛的铁线蕨、杜鹃和羽毛似的竹林。在某些地方出现一些茅屋嵌在巨大的陡峭山崖间，崖顶的草坡上有小屋和村庄。我们看到白色的山羊，孩童在阶地的坡上蹦跳。大片的玉米田伸展到地平线，在一行行翠绿之间依稀看到红壤的颜色。从头20英里的江峡出来之后我们恢复了宁静和平，银灰色的江水十分安详，清平的水面上倒映着灰蓝色和灰红色的山崖和石柱，双人操纵的白帆船有时闯入画面。

我们坐轮船，但长江上多数船货是大木帆船拖运的。当木船接近峡口时，他们在能雇到纤夫的村庄靠岸。大帆落下来，竹丝编的大绳拴在桅杆底部的铁环上。有四分之一里长的大绳交到岸上的纤夫手里，纤夫给它连上一个个挽带。挽带是结实的白色带子，挎在肩上，握在另一侧的手下。一队纤夫就这样拉着货船通过湍急的江峡。一个人站在船头挥臂指挥，另一个人敲大鼓给纤夫提供节拍。在船尾几个人摇橹引导船通过漩涡，绕过巨石，其他人手执镶铁尖头的长竹篙把船从山崖和巨石旁推开。一步一步，完美和谐，他们弓下身子慢步前行，努力地拉拽沉重的货船，同时哼唱着使人难忘的调子（船工号子）。

我们终于进入了西部省份四川。在整个峡江之旅我一直看到一块块闪着金光的油菜田，中间插着棉花、稻米、亚麻、甘蔗等绿油油的田块。碧绿的烟草田使我想起康涅狄格谷地的一直爬上山坡的玉米田。其他田地都种了水果和蔬菜。时常能看到盐、煤、铁的矿山。再继续往西走，我们看到大群的绵羊。

从宜昌往西走了400英里，穿过85道急流，船最后拐了一个弯，重庆到了。这座古老的城市位于长江和嘉陵江汇合处的山崖上。它的城墙矗立在山崖之上，在雾中显出灰白。往上爬许多级磨损了的石头台梯，穿过古老的门径才达到街道的水平面上。在城墙以上才看到现代的楼房。银色的嘉陵江从右边，浑浊的长江从左边环抱城市，远方是四川紫色的群山。

长江大概有 1 英里宽，各种船只都有。河轮和货船都停在城市对面的南岸，小汽艇和小船来回穿过急流在两岸之间运送旅客。到处都有帆船在水上滑行。听说每年从四川这里顺长江向沿海运送 4000 万磅桐油和 30 万吨盐，货船回来时带来煤油、丝绸、棉纱和奢侈品——香皂、香粉和香水。我的船也是停在南岸，我从那里仰视高耸入天的城市。

安德森小姐，一个美丽的瑞典和中国人的混血姑娘来接我。这里真漂亮，我好像进入了一个新世界。我们的小船往上游划了很远，然后急流把我们冲过城市的石阶。我们在一个灰蓝色石崖下的沙岸登陆，这个沙滩上交通繁忙，男男女女都忙着上船下船。一些男人们骑着有耐力的矮小蒙古马沿江岸走，另一些男人扛着沉重的盐、米、麦、蔬菜或水果往城里送。岸边有许多做买卖的小棚子。有的旅客坐滑竿。这场景很好看也很有趣——蓝衣配岸上的黄沙，蓝灰色石崖和阶梯上立着高脚的用竹笆作墙的棕色和绿色的房屋。城墙矗立在这些之上，把它们环抱在蓝色的阴影里。

我们爬上很陡的石阶梯到了城门，阶梯两边都是穷人的住宅。我们穿过古老的城门，再往上走才到了现代的街道。在繁忙的车流里，笨拙的老公车在不注意交通的人群中喘气，这些人总是在最不应该的时候跳出来挡路。人力车转弯抹角地摇晃着行驶，轿夫们抬着轿子快步走，显然不理会其他人对他们的吼叫。在一条长街的尽头，我们进入一条小巷来到传教部的大房子跟前，旁边就是西拉丘兹中国医院。我到了我的新家。

重庆

# 第三十章　妇科、孤儿和冯玉祥将军

在我到达时，重庆的西拉丘兹中国医院有近 200 个病人。我被分配负责产科、妇科和小儿科。我必须马上做一个剖腹产，然后切了两个巨大的卵巢囊肿。这些都是局麻进行的，但病人自始至终都不痛，她们的朋友都围过来看我。在几个星期内，我取了一个 50 磅的囊肿，然后又是一个 55 磅的。最后这个女人在囊肿去掉后只有 90 磅重。挺着大肚子来的妇女越来越多，因为我手术从来没死过人。我弄不懂这些女人带着这么大的瘤子怎么保持平衡的。后来还取出过一个 80 磅的囊肿。此例很复杂，因为腹膜、小肠、肠系膜、胃和子宫都大出血，这些器官都跟瘤子粘连了。病人因失血过多而虚脱了，缝合前我往她肚子里打了大量的盐水。她活下来了。她离开医院时是 85 磅重。

产科很快开诊了，从东部城市逃到重庆的受过教育的妇女非常欢迎这一科。她们比四川偏僻地区的妇女更相信西方医学。我们产科很快就有了 25 张到 30 张病床，后来病床数增加到 55 张到 60 张。两个济南医学院毕业的中国女医生参加了这里的工作，所以我们能接纳更多的病人。

我们的小儿科也不断成长，并不是因为我们特别努力，而是战争的结果。许多战争孤儿被蒋介石夫人送到重庆，他们被从战争摧残的地区运到重庆孤儿营。这些孤儿中需要医疗照顾的就被送到我们儿科来。他们的年龄从 3 岁到 10 岁，他们因家庭成员被屠杀，家园被烧毁，经历惨烈的轰炸，极端寂寞、饥饿、口渴、在恶劣条件下长途旅行等原因而受到严重精神创伤。他们一天天默默地躺着，不动，不说话，没有自我感觉。我们喂养他们，我们坐在他们床边，我们拿玩具给他们，跟他们说话。我们把他们从床上拽起来摇晃。逐渐地，被吓傻的表情从他们的小脸上一点点地消退，他们的眼睛有了一点神气。后来，他们能坐起来吃东西了，开口说话了，这时候就把他们转到孤儿院去，他们的床位腾出来给后来的吓傻的儿童。

在我们的工作中有时能观察到某种有趣的中国式行为，在没有在中国生活的经验的西方人眼中会觉得非常奇怪。有时这种中国式行为会造成问题。一个非常贫穷的中国女人，丈夫在前方打仗，她生了一个男婴。她想把孩子卖掉，因为她太穷了，养不起。雷护士已婚，但是没有孩子，她在汉口的丈夫威胁说如果她再不生育的话他就要纳妾。雷护士跟这个穷女人商量买这孩子，交易一达成，她立即给丈夫打电报报告了生子的好消息。与此同时，一个富人——国民党的高官送他的妻子来生产。他母亲下令，如果没有生儿子立刻纳妾，这次生产变成一件很关键的事了。因某种原因，这个男人约了一个他毫不了解的中国医生来接生，这个医生给婴儿做了颅骨切开术，孩子死了。这男人伤心欲绝不敢把孩子死的消息告诉太太。朱护士听说这事，就告诉他雷护士已经买了一个漂亮的男婴。这男人通过朱护士许了一大笔雷护士无法负担的钱，于是打破了原来的成约，他立刻打电报给母亲说太太生了男孩。后来雷

166

护士又在当地孤儿院找到了一个合适的男孩，结果两个人都高兴了。

两个俄国女人来到我们的医院，她们的行为也很有趣。因为重庆是中国的战时首都，俄国大使馆和五六十个相关的人都搬到了这里。她们两个都是共产党员，她们的病很轻微，可是却要医院里最好最贵的房间。她们一根接一根抽成包的香烟，我们不得不给她们的床铺特别的床单。她们坚持要最舒服的待遇，尽管这违反她们的哲学。

在战争期间，我们目击了许多令人心碎的场面。一个上海女人只怀孕7个月就来引产，我问她怎么回事，她说她丈夫是个军官被派到西南去，她如果怀孕就不能在恶劣条件下旅行那么远。她不愿留下，在这种乱世分离可能就是永别，所以她做引产。当女婴生出来时，这个母亲拒绝看她，当父亲来时，他也拒绝看她。我能体会这心情，他们不能把孩子带走，一定是托人收养。他们不敢去看，怕爱上这孩子。

我们的传教士护士阿尔玛有一天去买东西，看见两个小姑娘，15岁和9岁，睡在一个篮子里。"你们睡在篮子里做什么?"她问。

"这是我们的家"，大一点的姑娘说，"我家人都被炸死了，我们一直走就走到了这里。"

"你们怎么弄到吃的?"阿尔玛问。

姑娘们指了指篮子旁边的3块石头，一个砂锅架在这些石头上，她们用草当燃料，在锅里煮红苕皮。"我每天到山里去砍柴，卖几个钱换食物。"

那个9岁的女孩有浮肿①，她很苍白又不说话。阿尔玛把她带到了医院。当时街道上到处是孤儿。无家可归，无人照顾，又饥饿，他们乞讨时常常睡在人家的门槛上。政府办的孤儿院刚刚从重庆的街道上收容

---

①　这种病的特点是过多的体液集中在组织里。——编者注

了 80 个这样的儿童。人们说在全省的其他城市还有成百个这样的儿童，他们会逐渐地往重庆移动。

我在南昌的朋友刘泰清小姐也来到了重庆，她开始在我们医院做社会工作。她也对政府办的孤儿院产生了兴趣。有一天我陪她去那个为收容 80 个又穷又脏的男女儿童而建立的孤儿院，不到 10 个管理者也是从重庆街道上找来的。我煮了 80 个鸡蛋作礼物。当我们到达时，80 张小脸都为有访客而高兴得放光。他们站得笔直，有礼貌地鞠躬，热情地要我们讲故事。他们非常喜欢我们带去的鸡蛋和花生，一点点爱和关怀就改变了他们的生活。

在重庆我们也遇到许多有趣的人，包括外国人和中国人。有一天晚上冯玉祥将军来出席我们的晚宴。他个子高，至少有 200 磅重。他在中国人中算大个子，但是行动敏捷，虽然话不多，但是很有智慧。我听说在早年他皈依了一个相当原教旨主义的基督教派。我想知道后来他是否重整了他的宗教观，盼望跟他讨论这个话题。一个现任传教士问冯将军，他有什么话想带给美国，因为她不久要回国度假。他说："告诉他们帮我们杀日本人。"

冯将军接下去说他在中国北方遇到过一些传教士是真正的基督徒，他们生活简单，穿中式衣服吃中式饭。我几乎忍不住笑，因为今天准备饭的传教士准备的甜食既有蛋糕又有馅饼。冯批评有些传教士在中国生活得太好，这也是各阶层中国人中常见的意见，我在中国这么多年也觉得这是个问题。冯以支持中国的进步措施著称，因为这些措施可以加强中国的力量。他痛恨浪费和浮夸。据说几年前许多南京的高官都给自己修了宫殿般的大宅子，那时冯也在南京，他听说此事后就在南京大街上修了一所泥屋子，上面的牌子写着"冯宫"。

# 第三十一章　轰炸和骑马探险

　　虽然我们认为重庆是一个不容易轰炸的目标，但为了安全起见我们医院也在打一个很深的防空洞，在医院里整天都能听得到我们脚下的隆隆震响。工人们用风钻在结实的岩石里打到 30 英尺深，然后他们炸出一个宽大的隧道，必要的话里面能容纳医院所有的 200 个病人。我们觉得很幸运，这个城市建在岩石上面，就像直布罗陀。南京就没有岩石，即使有时间也不能挖洞。南京总医院的首席外科医生陈医生也来了重庆，他说 1937 年对南京的可怕轰炸造成很多人全身瘫痪。当时我们觉得在边远的四川不太会有值得一提的轰炸，这里山这么高，又常常被云层覆盖，日本人不会给这里造成多大的麻烦。

　　但是我们错了，强烈的轰炸从 1938 年 2 月开始。在冬天没有轰炸是因为云层很低，日本飞机飞不到山区来。但当云消散以后，空袭警报就开始响了。人们四处乱跑，有的往家跑，有的找掩蔽。有人往江岸跑，那里有船等着送他们去对岸。其他人都去了宽大的市防空洞，就是山岩里的一条隧道，它非常宽大，战后曾经考虑利用它修地铁。对日本人来说轰炸的成本也很高，听说有时没有一架飞机能返回基地，有的被

169

击落，有的烧完了燃料在山里坠毁。

在最初空袭的某一天晚上，我正邀请一个朋友吃晚饭。当我打电话时，第一次空袭警报响了，抬滑竿的轿夫挥着汗抬着我拼命地往医院赶，因为如果第二次警报又响了，街上就禁止通行了。街上的人都在乱跑，有的空手有的扛着值钱东西，有的背着孩子有的手里牵着孩子。黄包车在飞奔，轿子在摇摇晃晃，全城都在乱跑，边跑边嚷。当第二次警报响了之后，全城就陷入了不自然的沉寂，街上空了，城市如同荒野，感觉非常怪异。

这天我迅速地穿过医院的院子到我的住宅，发现大家都等着坐下吃饭了。我们的客人经历过天津、汉口和南京的轰炸，丝毫不受影响地和我们一起到桌边坐下。听着飞机越来越迫近，我们听到好像从深喉里发出啸叫，客人说："它们几乎就在我们头顶，我们应该进洞。"此时突然发生巨大的爆炸，震动了房子，震痛了我们的耳朵。门窗都剧烈地振动。巨响过去我们听到玻璃下落碎裂的声音，看到在空气里缓缓下落的灰泥的白色粉末。我们拉起客人冲到大厅，此时接二连三的爆炸声伴随着高射炮迅速开火连击的声音。高射炮就布置在我们周围的房顶上。

空袭过去了，我们走出房子去俯瞰在我们下面几百英尺的嘉陵江，在长长的沙岸上我们看见了 24 个黑洞，如果飞机投弹再靠南一点，我们和医院就都要化为齑粉了。可以看见许多人躺在地上吓坏了站不起来。

伤员很快就到了，颅骨破裂、手足折断、瘀伤、割伤、休克、出血，越来越多的伤员从医院大门涌进来。他们不得不先停在院子里，我们尽快地从中识别严重的伤势。不久江对岸求援，我们又去了嘉陵江以东一英里的一个小村子。一个小姑娘的胳膊被炸掉，等我们到达时已经

重庆医院院子里停放的轰炸受害者

死了，许多妇女痛苦地哭泣，一个妇女腿断了还在给孩子喂奶。有一个人脸被炸掉一部分，另一个妇女死了，她的一条胳膊和整个肩膀都没了，但是她的孩子还紧抱着她剩下的那条臂膀，还饥饿地吮吸着她的奶头。

我们回到医院时天快亮了，院子里挤满了伤员和他们的杂物。伤员还在不断地送来，担架抬的，椅子抬的，人背来的，自己走来的。两个人还没得到照顾就死了。我们整夜都在手术。这种不加分别地屠杀平民的暴行使我震惊，后来两三天都缓不过来。我难以相信这种事确实发生过。在中国，我的全部生命都用来修补人的身体，可是现在这邪恶的力量却从高空向我们无情地任意地投掷死亡。在很长时间里我都觉得这不像是真的。

逐渐地，我体会到我也要面对死亡的可能性。但是我经历的轰炸惨状越多，死亡本身就越不可怕，比起经常发生的可怕的伤势和活活致死来算不了什么。需要一段时间才能适应跟残酷的死亡可能性一起生活。幸亏华星在闽清，华辉在江南比较安全的地方。我接受这个事实，我只是整个事物中的一个原子，我的唯一目标是做好我的事，从一天坚持到下一天。

有趣的是，一位曾经因我不相信二度降临而无情地斥责我的原教旨主义传教士居然不怕轰炸，在空袭时她站在门外空地上，甚至靠近城墙，炸弹冲击波是可能越过城墙伤到她的。她激动地说："只要上帝不想伤我，炸弹伤不了我。"我不能不问她，难道上帝想要伤害这个城里成百上千的死伤者吗？她觉得没有必要回答我的问题。

一天夜里，我被乱跑的护士的惊叫和噪音吵醒。我们医院所在的城墙山崖下的江边着了火。我们从墙上看着山下的人们绝望地撕扯他们的茅草或竹笆的屋顶。救火员拼命地打火，可是大火逐渐沿着山坡上行，一间间房屋被吞没。陷在火里的家庭逐渐地往山上退，逐渐接近高耸的城墙，那是他们爬不上去的。医院的仆役们很快拿来了结实的绳子垂下去，一个接一个的女人、儿童和男人，背着值钱的东西爬到我们医院的院子里来了。

很快，大火翻腾着越过了城墙，我们安排了水龙。病人们从医院纷纷向外飞逃，不愧是受过空袭训练。火焰越来越高，火星洒到我们的头顶，窗框烫到不可触摸，火星从门下钻入，木头开始冒烟。我们抬来一桶又一桶的水以保持医院处于潮湿状态，这样才救下了医院的房子。当烧伤病人来了，我们采取贺拉斯法：把烧伤面清洗干净，涂5%的单宁酸，然后10%的硝酸银以形成柔软的表层。

次日早晨，在上班的路上我到城墙边去往下看冒烟的废墟。遭灾的家庭已经在清除碎片，挖掘他们的泥灶和瓦片。到晚上已经有一个棚子立了起来，棚子的一角还盖上了瓦，夜里好睡觉。一个女人用旧板子搭了一个床，床上支着一把伞。另一些人支起棚子，用草笆做成墙，正在往上涂泥。黄昏时他们已经用灶火做饭了。前一天的那场大火使上千个家庭丧失了住宅，但过了一夜他们就又有地方住了。从灰烬中刨出衣物和卧具，把孩子们拢在身边，他们克服了困难又开始生活了。我记得几年前在闽清县城看到类似的情景，这些家庭在我心目中就代表中国的精神。灰烬还没有冷却，他们已经开始重建那些被摧毁的东西了。

1938年春天，我每周歇一个下午，一般我都跟朋友去骑马，我们渡到长江南岸去租马。有一天我们骑马上山去老君洞，一个很高的庙宇。从这里远眺重庆，城市就像一条叶子状的舌头夹在金沙江和嘉陵江之间，这两江在叶子尖端会合才汇入长江。

我们在庙门口有礼貌地下马，从石级走进庙院，那里有许多好看的古树——山毛榉、松树和杉树。一个和蔼的和尚出来问讯，我们的向导蔡先生向他介绍了我的朋友凯瑟琳，说她是从美国来的。

"哦，美国来的"，和尚感兴趣地打量了她一番，然后转向我，"那你一定是从英国来的。"

我笑了，说："大师为何认为鄙人来自英国呢？"

"噢，因为你们两个的样子不一样。"

和尚领我们穿过庙院，一边是男人在打麻将，另一边是女人在打，不过是在黑暗的小屋子里。和尚带我们循着陡峭的石阶从一个院子走进另一个院子，在每个院子里都有一个祭坛正对着入口。洞旁边有许多神龛供着各种的菩萨，每个前面都烧着香，有一个是给一个驼背的神，它前面插满了烧尽的香火棍。

我们在山最高处的庙里歇息，跟我们的向导蔡先生谈中国宗教。我对古代中国的二元理论特别感兴趣，那时欧洲人还是睡在山洞里啃骨头的野蛮人呢。这个学派相信万物发生都是二元的，以阴阳为代表，是自然的法则。每个人也都是二元的，以鬼魂二重身的形式。我由此想起了卡尔·G.荣格的理论。在归途中我们经过了金黄的油菜田，整个山都是美丽的，香的。我们走下了几百级的石阶，渡过长江，在暮色中回到城里。这样的一天让我们离开战争的悲惨，我觉得十分舒适和放松。

这种骑马出游中国的野外，回归自然，吸引了许多人，有时候我们一起出游的人达到7个之多。常去的人中有一个广东鳏夫，他在麻省理工学院学过航空。我们都喜欢他，因为他具有中国艺术、历史、政治等方面的知识。这位蔡先生是一个将军的秘书，有一次他带了4匹军马来，这些黑亮的马喷着鼻息，爬山比我们以前用过的马都快。蔡说这些马走一天都不疲倦不用休息。我们的目的地是离重庆大学 10 里的歌乐山。4 匹黑马行走如飞，当我们经过一个拥挤的小村时，有一匹马滑跌了，打碎几个路边篮子里出售的鸡蛋。蛋主人又喊又比划还抓住了马缰，那一刻我觉得他要杀了我们。可是蔡先生平静地给了他两毛钱就平息了纠纷。

那天酷热，尽管蔡说这马极有耐力，但是它们也喘气了，于是我们下马步行，直到它们休息过来。当我们接近山上的庙时，我们遇到林森主席从那庙下来。他乘一个简易的滑竿，穿便衣，只有两个便衣人跟随，没有带枪的兵。

庙很美，金顶红柱配灰蓝色的装饰，特别干净。游客来此享受宁静，要过夜也有干净的客房。一个可爱的妇女和她的丈夫管理这里，服务很周到。有一个房间里陈列着 12 个"世界"最伟大的名人，其中 6 个是中国人，包括蒋介石、一个 20 世纪初为革命牺牲的女烈士，另外 4 个男的我不知道。6 个外国人是巴斯德、罗曼·罗兰、麦哲伦、列宁、伏尔泰和兴登堡。吃过面条我们俯瞰美景，一个个都不说话。那一天，我们真的达到了内心平和的境界。

# 第三十二章　四川的难民

1938 年 7 月，我陪一些中国朋友去成都，骑马走过稻子、玉米和高粱的田地十分惬意。一路没有几辆汽车，当时的汽油是 12 美元 5 加仑。公车很老维护很差。我们看到很多人骑马。木头的大车上堆满商品，6 个大汗淋淋的人有的推有的拉。这虽然是一种令人伤心的运输方式，但是它能使几千人挣钱活命。慢吞吞的老牛驮着大篮或大袋的米和其他农产品形成长长的队伍。有人坐滑竿，有人坐黄包车，也有人步行，有的人举着扇子遮挡刺眼的烈日。

成都的街道跟我去过的其他中国大城市一样，狭窄而弯曲。卖同种商品的店家集中在某个街区，有的街专门卖钥匙和钥匙链，一条街只卖黑布鞋，另一条街只卖无檐帽。这样，在一条街上就能找到一类商品的无数不同品种——木桶、便宜的饰物、藤编家具、陶土器具、木柴、黑铁壶、旧熨斗和电线、布匹、西式衣服、草纸、书写纸、浴巾、袜子、手电筒、肥皂、书籍、手绢、绳子、蜡烛、草垫、扇子、笔、刀剪、西药、中药、刺绣、酒类、木笛、铜号、皮鞋皮带、草鞋、羊皮袄、爆竹、篾篮、躺椅、大草帽、新旧黄包车、香水香粉，品种几乎无穷。此外，肉店、食品店和饭馆都很多，烤得黄黄的鸡一排排挂着。

在成都我遇到许多强烈爱国的知识分子，他们是从东边逃难来的，有的来自北平，有的来自天津，大量的来自长江两岸的城市。他们讲述可怕的轰炸，他们见证了日寇大量的抢劫、焚烧、屠杀和强奸的罪行。这使他们决心战斗到底。

回重庆时我经过峨眉山，在那里我遇见了在闽清时的老朋友奥林和以斯帖·斯托克维尔。回来发现重庆挤满了难民，从下江来的每一条船上都满是吓坏了也累坏了的平民，有些还带着弹药。这些船返航时就装了兵士。有人认为重庆是中国抗战的最后据点，但其他人相信 H. G. 威尔斯的预言。威尔斯很早就预言过日本侵华，但他也预言日本兵过不了汉口。他的书有英文本和中文本，那时在重庆很是畅销。但是我遇到的那些消息比较灵通的中国人没有那么乐观。

到 1938 年 11 月，四川收容的难民非常多了，重庆城外的水井都供不上水了，所有的庙宇都住满了。煤油买不到了，连蜡烛都难买了，最困难的是交通。成千的学生不断从沿海城市来，许多人步行了 6 个月才到重庆。他们被安置在庙宇里，生活条件就像斯巴达那样艰苦。缺少食物，没有洗澡设备。

到 1938 年底，来四川的人超过了 8000 万，其中大约 1000 万是赤贫。母亲带着孩子从汉口来要走两个多月，许多人死在路上，有的人到达时就成了孤儿。此时政府努力把孤儿乞丐都收容起来，那就不是 80 名而是 400 名以上了。一个营地里就有 5000 个无人认领的孤儿。他们在寒冷中光着脚。偶尔有父母来认领的情况，但一般这些孩子就被移送孤儿院了。

当难民抵达时，他们被安排在营地里，每人发一毛钱让他们上街买食物。政府努力使他们就业，逐渐建立合作社。大片土地被交给一文不名的难民，还提供耕牛、工具和种子。政府还建立了难民训练场，那里生产毛巾、袜子、垫子、玩具、鞋类等各种生活必需品。虽然这些项目不能解决社会和经济的问题，但是我佩服政府在抗击日寇的同时能做这些事。与军阀时代低劣的社会服务相比，这种政府努力的结果已经标志着一个新时代的开始。对于我们这些在中国生活多年的外国人来说，这种在困境中取得的成绩值得赞美。我们不是看不到这些项目有许多不当之处，其中也存在着勒索和贪污，但是这里确实有千万名诚实勤勉的人，他们在尽一切努力改善和加强自己的国家，显著的成绩就是这些人创造的。

当我看着船上涌下大量的难民——每天 1000 人，因为无地安置只好让他们再往西去，我奇怪为什么美国还要自鸣得意地向日本出售军火。是些什么人，奉行什么外交政策才允许这种事发生？我自己的国家在历史上不久之前还在高尚地争取独立，可是现在却帮助一个侵略者反对一个争取独立的国家。这使我觉得恶心。

虽然每天成千人涌入重庆，成千人被送到更西边，可是重庆的商业却因此发达起来。从北平、广州、厦门等沿海城市来的人开了新的饭馆，里面坐满了高兴地品尝家乡风味的难民。供应奶油咖啡的咖啡馆也开张了，这说明习惯西方食物的富人也大批地迁来了。每晚有 6 个电影院坐得满满地放映中国、俄国和美国的电影。俄国的电影很好看，美国的电影却是垃圾。

由于大批大学生和教师逃难过来，华西的学校像蘑菇一样增长。国立海事学院培养轮船上的干部，国立技术学院培养有技术的技工，库恩职业学校教授铁器制造，中国职业学校提供建筑、机械和工程的课程。国立中央工业学院教授化学、电气工程和木工。女子职业学校教授纺纱、织布和一些农业课程。听说华西一共开办了 47 所工业学校和 36 所农业学校。

因为从经过山岭通往南方的卡车路不合要求，政府采购了 1000 辆大车，每辆由 6 个人拉。这种车装满货物要走 40 天。我们的邮件都是骡队从很长的小路运来的。虽然由于受到日本恐吓，法国不敢再从印度支那给中国运弹药，但是无数箱子贴着"婴儿车"的标签用大车运了过来。

我们听说汉口沦陷了，虽然早有预料，但是每个人都深受打击。我们听说蒋介石夫人亲自指挥了撤退行动。许多妇女被撤出，有的已经到达重庆。穷人被疏散到汉口周围的村庄。当一切都准备好了，蒋夫人就乘飞机离开了。此时她的士兵系统地爆破了桥梁、机场、火车站、政府大楼和所有公共设施。然后这些士兵就撤退到汉口西边的山区开始反日的游击战。

当日本人占领了汉口，他们就炸难民船。许多船沉了，许多人死了。我们听说一列载满了妇女儿童的难民火车被炸了，当旅客从着火的车厢里逃跑时，日本人用机关枪扫射他们。

我看过一些从死在南京的日本兵尸体上找到的照片，有的是身上被泼了油的中国兵在火里烧，有的是士兵和农民被活活烧死。有的是儿童被残忍地屠杀，许多姑娘被剥光衣服照相。一张照片是一位年轻妇女的阴道被插了两根长棍被丢在那里等死。当听说广州沦陷时，重庆人都哭泣和心痛。

当蒋夫人回到重庆，1939 年 1 月 3 日以她的名义举行了新生活运动的宴会，有 400 位来宾。蒋夫人作了热情的、富有感染力的演说。她个子小但很漂亮，很有魅力，同时又展露出作为组织者和管理者的才能。不幸的是她说上海话，这对我来说相当难懂。她的老朋友和受信任的顾问威廉·H. 端纳陪着她。1936 年蒋夫人到蒋介石被扣留的西安，也是端纳陪同。他是一位和蔼的老人，显然对蒋夫人特别忠诚。

# 第三十三章　在资州工作

我在重庆获得大量妇产科的工作经验。我和两个年轻的中国女医生在同一时间照顾 60 个妇产科病人。1939 年夏天，我觉得我做好了回闽清去工作的准备，但是因为有日本人，这个愿望不能实现。此时为了躲避轰炸，我们的重庆医院要化整为零到农村去，而我也回不了福建，我就接受了资州医院的邀请。资州大约在成都和重庆之间的中点上。

医院借给我一部汽车，两个难民护士自愿陪我去。我们一整天都往成都开，道旁是美丽的油菜田和山景。我们黄昏到资州，摆渡过了河，就在医院里住下来。

医院的工作刚刚走上正轨，我就办了一个聚会，邀请了医院经理部和所有本城的重要官员。30 个男人跟着市长来，市长年轻而矮胖，后面跟着一个仆人。大家享受了丰盛的晚饭后我作了发言。我对来宾说，我希望我们能共同发起一些有益于社区的项目，如健康教育、村庄巡诊和其他一些可能性。

然后我们领来宾参观医院。他们看到一个病人切掉盲肠以后恢复了，另一个从胃里取出一粒子弹。一个病人截去了上肢，一个年轻女人割了自己的咽喉和气管但现在已经恢复得很好。一个男人被用滑竿从30里外送来，一路子弹伤造成血流不止。我们发现那颗丑陋的子弹在肘关节以上，于是把它取了出来，子弹的样子就像土匪们用的那种。一个被闪电击中的男孩得到了治疗。总之，我们有许多有趣的病例向他们介绍，来宾们的印象很深刻。

后来市长邀请我参加在市政府召开的疾病预防会议，我跟一个从成都来的中国女医生一起去。我们发现市长还邀请了10个无知的中医，我们都被要求依次就威胁本城的传染病霍乱发言。我是最后的发言者，我建议大家写些短文章登在当地报纸上，告诉市民关于霍乱及其预防的知识，同时用传单和公开讲座的形式普及这些知识，我还表示要免费提供疫苗。

但显然只有我们两个真的想教育公众。其他人不喜欢西医，哪怕是面临霍乱的威胁。在市长的办公室里贴着许多金字的警句，比如：如果有善行该做，那就像英雄一般勇敢；帮助他人获得幸福；有教无类等。我忍不住有这样的念头：这个人只是用警句装饰办公室，他的思想和行为跟警句上的好思想天差地远。

7月，霍乱发作得突然而凶险，市长的儿子是最先得病者之一。市长在找我之前，已经尝试过好多中医但不解决问题，孩子已经失去知觉了。我们给他静脉注射生理盐水，他就苏醒了。他父亲高兴极了，立刻把他送到我院继续治疗。当天还有4个孩子因霍乱入院，均得救。

第二天我们的两个病区躺满了霍乱病人，我们忙着给他们注射生理盐水。这些病人入院时多半昏迷，手脚都因脱水而皱缩。如果没有昏迷，他们就极不稳定，抽搐得厉害。他们的眼睛都是深深凹陷进去的。我们的人手不足以应付这紧急情况，于是我们雇了些年轻的女学生来帮忙。我们还雇了一个妇女来做床单，一个铁匠来做便盆，一个木匠来做更多的床。

有几个病人死了，于是我在病人入院时先给他们用洋地黄。[①] 与此同时我们大搞预防接种，在第一周就接种了 1500 人。虽然我们没有精确的统计，但老式中医治霍乱的死亡率肯定非常高。有一个在我们这儿死了的病人是一个当地教师的妻子，她丢下了 6 个孩子。在她的葬仪上，看着一排可怜的孩子，她的朋友和邻居都哭了。那个 5 个月大的婴儿没奶吃要饿死，我们把他带回家喂养使他恢复了健康，我给他起名叫大卫。传染病势头逐渐减弱，最后消失了。

8 月，我院的 3 个女传教士之一病了，我想到凉快的山里去休息几周对她和我都好，于是我们就去了一个最近的度假地。我们冒着酷暑骑马跑了 30 公里，路上两边的方块农田很富有色彩。成熟的玉米是黄的，豆子、棉花和花生都是青的，甘蔗田浅绿，高粱田深棕，因为它有肥大的棕色穗子。麦田是深绿的。在谷地低处有棉田，结了暗绿色的棉桃。我们走在平缓的丘陵上，窄而弯曲的小路在山丘的顶部，不时经过一些房子，有些是瓦顶的，但多数是茅草顶。一路都看见白鹅、鸭子和脏兮兮的鸡。我们不时遇到些矮子，在这个地区矮子不少见。我们从一些背着盐或油的人身边走过，还有马、骡或牛拉着车的商队，装运的也是盐和油。我听说西部平原有马的繁育场。当晚我们住在天台市场的一个很肮脏的小旅店里，我们的房间楼下是个猪圈，气味难闻，猪圈也是唯一的厕所。在一路上所有的旅店里，要方便都必须蹲在猪圈的边上。

第二天我们早上 4 点就出发了，希望再走 30 公里。我们的 3 头牲

---

① 洋地黄是一种有强心作用的药。——校者注

口在路上生病，我就到村子里要来些热水，冲苏打给它们喝。立刻，这村里人人都拿个杯子出来向我要苏打。因为苏打是白色的，他们认为那是"凉"药，特别适合热天。这一夜我们又住在一个肮脏的小旅店，有臭虫大军。第三天我们抵达了天台山，这是一个清凉的避暑地，空气中有新鲜的松林的香气。传教士们常来这里休假，我们在此遇到了35个外国人，一半是儿童。他们都来自半径100公里之内。我们喜欢跟他们对话，喜欢松林的香味和壮丽的景色。很难想象，一场战争就在不远的地方进行。

回资州时，我们觉得得到了彻底的休息。作为娱乐，我向抬滑竿的轿夫请教他们的对句。前一句是前面轿夫的警告，说前头有什么；后一句是后面轿夫表示知道了。"大力"表示牛马，"地上的人"表示近处有人，要注意别撞到。

前边有障碍；后边会躲开。

前边有大力；后边会躲避。

右边有把伞；撕它个稀巴烂。

前边湿又滑；海浪往上爬。

天上有白云；地下有行人。

土堆要注意；我眼睛看着地。①

回到了资州，重新开始工作。当我领5个月大的大卫回家时，他头

---

① 茹丝把轿夫的对答译成英语押韵的形式，估计原来的中文也是押韵的。译者努力使再译回的中文也押韵，当然无从恢复70年前两个劳动者幽默的原话了，但是译文忠于英文原文，基本意思应当不错。——译者注

抬不起来，手也不会动。我为他买了 4 头奶山羊，有奶吃他立刻就有精神了。这消息传开后，其他人开始陆续把有病的婴儿送到我这里来。一对穿着体面的夫妇专程从成都来，说成都的医生对他们的孩子束手无策。这个婴儿痛得尖叫，浑身是汗。他的拳头紧捏住大拇指，小腿盘在大腿上。"这孩子我能治。"我对他父母说。我喂了他山羊奶，补充了钙片，3 天后他就好了。

来的孩子越来越多，我又添了山羊，可是这山羊忽然一只接一只地死去。最后我弄清了，它们死于饲草带来的寄生虫。结果我们只好自己做豆浆喂孩子，这样孩子长得非常好，一些人特地跑来看"洋孩子"，就是用洋办法喂养的孩子。

1939 年秋天，一个男人带了他 12 岁的孩子来找我们。这是一个很可怜的病例，男孩生了肿瘤，从嘴里垂出来。那父亲说，孩子 3 岁时，右眼下面生了个小肿块。我检查发现这个肿瘤开始于上颌窦，随着瘤子长大，它往下移动，穿过上口盖，挤开牙龈，从嘴里出来。他的嘴实际已经看不见了。他的血色素只有 40，红细胞是 200 万。我认为不是恶性的，因为肿瘤已经存在了 9 年。在清除了孩子的大量钩虫之后，我在他颈部开了一个小洞插入一根管子。当他习惯于通过管子呼吸之后，我开刀切肿瘤，把乙醚从那管子里送进去。必须从嘴里往上动这个手术才能达到瘤子的根。但是因为瘤子成长了多年，这孩子被严重丑化。他的上颚前面严重地变形，下颚却往前突出，鼻子往左长，左嘴角撕裂。我们取下了瘤子修补了嘴角，他的鼻子、上下颚和颧骨只能交给自然去修复了。我在手术前给他照了相，6 个月后我们再看大自然会做些什么。

我很得意自己的手术，第二天早上我去看孩子，发现他在哭。我问其他人他怎么了，人家说，以前从不允许他照镜子，而手术之后病区里有人给了他镜子，当他看到自己的样子以后，他就哭到现在。

我问孩子："你在镜子里看见什么坏东西了？"

"我脸上的大包太难看。"他抽泣着说。

这不假，这个肿瘤把上颌窦向脸部推出太多了。我思考了一会儿后告诉孩子，如果他同意做第二次手术，我可以把他的大包拿掉。孩子高兴极了。几个星期后，我刮削了他的整个脸部，只留下骨膜。手术非常成功。6个月后他回家了，在此期间他长了好多，我几乎认不出他了。他的父母大喜过望，他的脸看得过去了，不过右眼窝还是比左眼窝高一点。我们又给他照了相，我准备就这个病例写篇文章送到《中华医学杂志》。

到1939年11月，我们的公共阅览室里有了许多中文简装书，谁想读都可以来读。我每天都把书拿到病区和病房里去。在病区里，一个病人可以朗读书给大家听，这往往引起大家讨论书的内容。我们的书包括宗教、哲学、医学、农业、社会学等学科。有时候我检查哪些书磨损最甚，由此可以知道读者的读书倾向。莱斯利·迪克森·维泽海德的《了解性》是污损最多的书。《医学传奇》《迷路的小姑娘》以及撒母耳·穆尔·舒马克的《再次诞生的牧师》和《D. L. 穆迪的一生》都是读者最多的书。

1940年1月，一个团体要从重庆到资州来给可能的空袭目标派发纱布和药品。我们医院盼着收到这些医疗用品，但是令人失望的是，市长在城门口建立了一个假的小医院。任何从蒋夫人、新生活运动或其他组织派到资州来的团体都被市长立刻转到他的小医院。市长想方设法不让这些团体访问我们医院。但这次重庆来人的领队是聪明的刘先生。我们的医护人员讨论了这个问题，决定这一次要到市长的医院去，我们要露面。我是外国人，最好不露面。我们的 7 个护士穿着整齐的制服，戴着新浆洗的帽子，跟着我们的药剂师蒋医生，实验员李先生、秦先生和助手郭先生一齐上了路。看着他们往城门口走，我很以他们为自豪，相信团长刘先生会认识到我们是本城最好的医院。

我们的队伍背着不起眼的急救箱，里面装着应付轰炸的急救用品。那个小医院也派来一队人，背着漂亮的急救箱，但是蒋医生早知道那里面是空的。当轮到她讲话时她说："这个医院的小急救箱好漂亮啊，我们要是也有那样的箱子就好了。"

刘先生立刻听明白了，他要求看看那漂亮的急救箱。当他开了箱子发现里面什么也没有，就要求看我们的不起眼的箱子，发现里面装满了急救需要的东西。刘先生考了这两支队伍什么是轰炸急救的步骤，我们受过良好训练的人员回答得非常漂亮，而市长的雇员连怎么给伤员绑绷带都不知道。这样，我们的人带回了好消息，纱布和药品都归我们医院了。这次我们运气好，市长丢了很大的脸，不过我担心我们最后会付出代价。

# 第三十四章　在中国的最后日子

1940 年夏天四川热得要命。我在医院的中国伙伴蒋医生得了肺结核，医院负责的只剩我一个人。我的大养女华辉从重庆的加拿大医院毕业拿到护士资格，我安排她到资州来帮助我。但是因为工作繁重，食物又不够，我的身体变得非常虚弱，爬楼梯都不能一次上去，中间必须坐下休息。我的体重下降，大家都很担心。到了秋天他们坚持让我去成都治疗。

华辉和我去等公车，但每辆车都装满了西去的难民。最后我们只好雇滑竿来走这 140 公里的路去成都。出发时我们全身裹了毯子，由强壮的轿夫把我们搬上车。我们走上大西路，是石头铺的，3 英尺宽，从东海岸直到中国西藏的遥远边界。这路已经使用很多世纪了，每块石头都磨损了。

我们看见田野上人们在挖红苕和花生，有人收集苕藤作饲料，冬天好喂山羊。收过的土地要清理，准备种冬麦和豆子。女人们坐在小板凳上抡着像斧头的有两个齿的工具（小钉耙）为种植做准备。雪浆果树的红叶子和雪白的果实衬在远山柔和的蓝色背景上。路边的杉树和大块的甘蔗田都在微风中沙沙作响。有的地方道路被两旁 20 英尺高的草本植物夹住，这种植物结出灰白色的像李子样的果实，在夕阳下闪着银光。

古老的道路上交通繁忙。男人被担子压弯了腰，担子上装的是红苕、花生、米和糖。挑担是用两个箩筐挂在肩膀上的扁担上。女人出行把孩子绑在背上。老婆子带着孩子去割草回来当燃料或者喂牛。其他孩子放牛或放猪就是让它们到外面吃草。好像每一个人都拿了一根两三英尺长的甘蔗在啃。我们经过小村庄，村里的小房子都挤在路的两边，村里饭馆的灶台就贴着公路，灶的燃料好像是玉米芯。我们停下来吃饭，灶旁摆着一排搪瓷脸盆，里面放着生的叶子菜。一根木柱上挂着不同部位的猪肉。一个大木蒸笼里面是现成的米饭。我们坐在光桌旁的木凳上。一个肮脏的跑堂用他同样脏的围裙角擦了碗递给我们，然后用碗给我们送上开水。同时厨师做了白菜汤，跑了整整一天，这汤喝起来很鲜美。

第二天我们上了大路，雇了一辆黄包车。我的车夫正好是我们在资州治过的病人，对我们非常感谢。他把心都掏出来为我们服务，爬陡坡下泥坡，在下坡时他必须拼命奔跑才能把身体保持在车的前边。这辆黄包车太老旧了，弹簧都用弦线、麻绳子和牛皮绳捆扎着。

农产品就是通过这条路运到市场，路上最多的车就是慢悠悠的独轮手推车（鸡公车），农夫用这小车运甘蔗。此外也有两个胶皮轮的车（板板车），一个人驾辕，其他人在两边用绳拉。起码需要 3 个人在上坡时往上推，下坡时往回拉。这类车装运棉花、铁器、电线、衣物或棉线。

在成都，一个很有魄力的牙医拔掉了我上面 5 颗最好的牙，他认为是牙的感染造成了我身体的虚弱。我希望他是对的，但是几个星期之后证明显然这些牙并不是问题的所在。主教命令我去休假。在等待的时候我访问了成都的几个合作社。在一个合作社里，妇女梳理羊毛、纺纱、缝制上衣和无袖汗衫。她们用黄桷树皮把羊毛染成美丽的红棕色。一个基督教女青年会的合作社里有 60 个姑娘在学习裁缝、编织和教育群众。我非常高兴地看见，在 1940 年这些项目能够发展，他们是我在 1924 年刚到中国时就认为必要的。现在我的梦想成了现实。

我终于要走了。一个高阶的军官打电话来跟我告别，我很惊讶他就是当年在闽清送给我马的那个军官。另一个高阶军官送给我一块奖牌，放在黑漆盒里，牌上的字都是纯金的。这当然是很大的光荣，可是我宁可把这些钱买成米送给饥饿的病人。一群人跟着我穿过城市直到河边，许多人甚至过河送我。很幸运我搭上了一辆卡车可以直接去重庆。

当我在重庆上了飞机，我发现老朋友奥林也乘同一班飞机走。我们等了好几个小时飞机才起飞，当晚我们到了香港，这时我们才知道在我们前边起飞的那班飞机被击落了，人全死了。

在离开香港之前，英国检察员查了我简单的行李，发现我的一堆剪报本，那是我这些年来从中文报纸上剪贴的。一个全是农业项目的报告，还有关于工业、合作社、重建、难民、运输、战争孤儿、医疗和教育等专题的。检查员说我在离开之前必须拿着这些剪报去审查官的办公室。我怕审查官会扣留我的剪报，于是我只拿了两本去。那个威严的审查官拿一把大剪刀剪下我的剪报，把我的本子弄得支离破碎。他剪下了我的剪报又找不到我的任何错处。我撑开我手提箱的活底，把没有弄坏的本子都装了进去。我觉得他们简直是无法无天，他们凭什么把我的多年劳动破坏掉？当我登上去上海的轮船时，我把那审查官切下的剪报都塞在我的衬衫里，弄得鼓鼓囊囊。可是没人再搜查我的箱子，到日据的上海时也没有。

到上海时我戴一顶老旧不堪的帽子、一件借来的上衣、一双过大的鞋子、古怪的老式骑马手套，头发从来没做过。从此我进入了穿着漂亮的，或多或少比较复杂的城里人的世界。

"我觉得我很过时。"我对来迎接我的传教士们说。

"不要紧，人们只当你是一个俄国难民。"他们说。

我意识到在登船回美国之前我需要修饰一下。我去买帽子，售货员递给我一件古怪的海军蓝的草编品，弹性扣带绕耳后。她肯定地说这是个帽子。

我的传教士同伴说："你知道这肯定是个帽子，因为你是在一个帽子店。"

我戴上它照镜子，说："我的样子像个小丑。"

"实际上这帽子非常合适。"他们肯定地说。

"多少钱？"我问售货员。

"49.5美元。"她说。

这下我终于相信它是个帽子了，虽然在那时的上海，49.5美元只相当于2.75金美元。我拿了新帽子，把旧帽子丢在那豪华的柜台上。

"你应该拿上那顶旧帽子，没准某个难民还高兴要它呢。"我的同伴说。

"难民也有自尊。"我说。然后我去烫了发，买了些新衣服，好让美国能接纳我。

当我在深夜回到马萨诸塞州北安普顿时，没有一个人来接我。我母亲此前脑子出了问题，她不记得我的电报。我很快就明白，我没法再回我挚爱的中国了，我现在是能照顾母亲的唯一孩子。她把一辈子都献给

190

了她的 5 个子女，她努力工作自我牺牲才使子女都受到教育。她始终注意给我们灌输高尚的思想为将来做准备。现在轮到我在她不能自理的时候照顾她了。她本来有新英格兰人强壮的体魄，但是在身体垮之前她的精神先垮了。

我的故乡威廉斯堡的医生从军去了，居民迫切需要医疗帮助。我买了一辆汽车，驾车在美丽的伯克夏区做上门服务，好比在闽清的山区做巡诊一样。我在威廉斯堡医院行医，在家里也接电话为病人服务。在我的同胞中，在我从小长大的地方用母语行医，对于我是一种新颖和激动的经验。

# 附表　闽清县地名新旧对照

| 旧　名 | 现　名 |
|--------|--------|
| 一　都 | 闽清县城，现梅城镇所在地 |
| 二　都 | 为现云龙乡所在地附近村庄 |
| 三　都 | 为现坂东镇所属的文定、楼下等村庄 |
| 四　都 | 为现三溪乡所属村庄 |
| 五　都 | 为现塔庄镇所在地附近村庄 |
| 六　都 | 为现坂东镇所在地附近村庄 |
| 七　都 | 为现塔庄镇所属村庄 |
| 八　都 | 为现省璜镇所在地附近村庄 |
| 九　都 | 为现省璜镇所属村庄 |
| 十　都 | 为现省璜镇所属村庄 |
| 十一都 | 为现池园镇所在地附近村庄 |
| 十二都 | 为现上莲乡所在地附近村庄 |
| 十四都 | 为现金沙镇所在地附近村庄 |
| 十五都 | 为现白中镇所在地附近村庄 |
| 十八坂 | 十八坂既指圩日（大集），以前也指地名，在坂东镇垅上村附近地方 |
| 白云渡 | 为现白樟镇云渡村地方，以前也泛指白樟镇所在地 |
| 鹿角村 | 为现坂东镇鹿角行政村 |
| 大箬村 | 为现东桥镇大箬行政村 |
| 小箬村 | 为闽侯县的行政村 |
| 水口村 | 因建设水口水电站属淹没区，1980年代末整体迁移，现为古田县水口镇水口居委会 |

注：此表为刘守光先生编纂。

# 后　记

　　我在中国的乡村和城市当医生和教师从 1924 年到 1941 年跨了 18 个难忘的年头，最后的结束很突然。在往家乡新英格兰走的路上，我觉得忽然一下回到了西方社会。我感受到强烈的震撼，说来难以置信，我这时才真正感觉到中美人民的巨大区别。

　　我观察了中国人这么多年，不管他们有什么特别的缺点，他们从许多个世纪的苦难中学会了忍耐；从孔夫子学到了哲学和戒律；从佛教学到了平静安宁。他们是一个能干、自豪、勤勉、智慧和富有直觉的民族，他们有敏锐的观察力。他们好体面、开朗，有很好的幽默感。我认得的中国人都热爱自然，不论他们是船夫或学者、官员。他们的生活接近自然，他们也了解自然。天是父亲地是母亲。他们热爱山、湖和溪流，树和花草。他们知道草药和野草的药性，把它们用于医疗。他们永远是彬彬有礼，注意各种不同关系所要求的礼节。在讲话时，不论绅士还是苦力都非常谦卑，说自己的儿子是犬子，房子是敝庐，招待客人时说："菜很少，请包涵。"中国人说话时都注意让客人觉得自在舒服，尽力保全面子。这些是习惯的待客礼节。

中国人喜欢大家庭，爱群居。他们看孩子满屋奔跑觉得高兴，让家里人和邻居读自己的信，让别人知道自己的秘密。我觉得中国人不易理解外国人讲究隐私、睡单人房间、喜欢夜间独处和独自散步的习惯。但是他们对我们总是有礼貌和宽容的。

当我在1941年回美国时，两种文明的差距给了我很大震撼，可能首先使我吃惊的是孩子缺乏自律，他们大喝饮料，大吃冰激凌，嘴里永远含着糖。他们的父母任意地抽烟喝酒，过度纵欲使智力迟钝，在各方面都追求舒适。谁都不能忍受一个小时的失眠或头痛，必须找医生解除小小的不舒服。人人都沉醉于性。

从受苦受难的中国回来后，我满脑子都是那些正在与巨大的灾祸斗争以争取较好生活的人们。在这个历史性的斗争中，中国爆发革命打破了那些捆住她的邪恶羁绊。在另一方面是我自己的国家生活在自满和自我放荡之中，人们对于亚洲国家不幸的困境没有感觉。美国人好像被优越感所玷污，对世界和平的紧迫性漠不关心。

现在虽然已是1974年，我的精神还是在不同文明的两大国家之间来回奔驰，我感到灰心，不能跟别人分享我的思想。我希望摆脱悠闲舒适的哲学，但我探索最多的是美国和中国的未来。

作为一个人应该经历困难痛苦和失落才会成熟，就像中国已经经历的那样，经过血泪的洗礼才能在世界各国中求得简单的平等这样一个恰当的位置。通过痛苦和心碎才产生谦卑；通过谦卑才有智慧和理解。物质的缺乏、困苦、失落，这些并不是坏事而是动力——如果它们能引发建设性变化的话。

确实，中美两国各有长短。许多西方传教士常犯的错误之一就是确信他们把所有好的信息和好的生活方式传到东方。现在我们很多人认识到，能力和缺点在我们之间是平均分配的。我们两国之间迫切需要的是好意之桥，但这是一座双向的桥。不再需要那些传教士，但是需要企业家、新闻工作者、技术工人、旅行者，可能还有医生和护士过桥去。我们许多年前在中国生活过的人从他们的古老文明和人民的勇气中学到了一些东西，可能中国也从我们粗糙的生活方式中学到了一些东西。

当我回首我在闽清和华中的生活时，我想我做了基本的医疗和教育的工作，用了我的心，我的精神和身体的最大限度的力量，但是花了最少的钱。许多传教项目和政府支持的项目尽管有大把的捐款和大学文化的工作人员却失败了。我们微小的不张扬的教育村民计划之所以成功就是因为它规模小、花钱少。最重要的着力点是把新思想用容易理解的形式传达给普通人，钱倒不是多么重要的因素。我们那时看得很清楚，让中国的乡村人口得到可以改善他们生活条件的知识就是不竭力量的源泉，可惜国民党政府没有认识到这一点，共产党的领导人倒是没有忽略这一点，他们表现出对中国受苦难大众的关心。中国的现政权正在使用那些受过基本教育的人，虚心地联系村民的人。就像我们40多年前的医护人员一样，这些现代的赤脚医生在没有医疗值班的时候就到田地里劳作。

虽然我的故事仅是出于一个美国医疗传教士的观点，但我真诚地希望它准确地向西方的读者反映出了在共产主义革命之前痛苦的几十年间的中国人的生活。

茹丝·V. 海门薇

马萨诸塞州威廉斯堡

1974 年 2 月

# 英文版编者的话

1974 年 2 月，海门薇医生庆祝了她的八十大寿，她的许多家人和在北安普顿的朋友都来了。在祝寿者中有她的第一个养女；1955 年，Rachel Chin（小雷、华辉）和她的丈夫 Neng-Wong（金能旺，福州市人）及孩子萨拉、约翰来到威廉斯堡跟海门薇医生同住。

两个月后，海门薇医生遭受一系列的严重中风，这结束了她长达半个世纪的医生生涯。她于 1974 年 7 月 9 日逝世。她把一生都献给了为中美两国人民的服务。许多人会怀念她不屈不挠的精神，这种精神把新的勇气带给她为之服务的人们。

# 译后记

　　我第一次看到本书的题目是在亚马逊网站上，那上面有一位网友的留言，说这不是一个典型的传教士的回忆录，传教士的回忆录往往喜欢说教，而且缺乏文采，这本书就没有这些缺点。这是一本什么书呢？我感到好奇就买了。想不到从一开始阅读我就被吸引住了，书中如诗如画的散文非常美，作者手绘的水彩画也富有魅力。

　　一个农民家庭出身的美国姑娘，因为在一座灰色教堂里听了一场中国医生的讲演，就下定了为中国人民服务一生的志向。她可能与中国有一种冥冥中注定的缘分，是某种必然存在的偶然相遇吧？

　　她在中国行医的经历，使我想到一个在中国很出名的外国人——诺尔曼·白求恩。同样是在中国行医的外国人，白求恩毕竟是组织派去的，茹丝却是自己要去的。白求恩只在中国治伤救人一年，茹丝是18年。白求恩得到了中国伟大领袖的高度褒扬，茹丝的服务却无人知晓，她也从未把自己的工作评价到什么高度。然而她却治疗了那么多穷困的病人，抢救了那么多伤员，既不图名也不图利，甚至也没有表白过任何的"道德的自我完善"。

茹丝对于中国人的智慧和道德给予高度的评价，这种赞美在书中多处可见。在距今天 90 年前，她就深情地说：我相信中国人最终将建设起一个世界最伟大的国家，也许那时美国已经开始衰落。相信任何中国读者读到这里，无不为之感动。

读完此书之后，我因为感动，不由自主地开始翻译。开始是为自己翻译的，没想出版，也没有询问版权。书中有大量的人名地名，如果不了解实情，很难从英文翻成正确的中文。因为茹丝的中文学得太好，她喜欢用汉字的中文意思。比如节中有一个护士名叫 Beautiful Snow，我当然就翻译成美雪，可是这个人是否真叫美雪呢？为此我联系了茹丝当初服务的医院。闽清六都医院的黄拔灿院长的反应十分热情，他说前些年他们纪念建院一百周年，虽然知道是美国医生创建的，但是缺少资料，连是男是女都不清楚，现在有这些材料太好了。黄院长请前任院长刘守光先生帮助我弄清人名地名。刘先生对闽清十分熟悉，而且文学修养甚高。他帮助我把书中有关闽清的几乎所有的人名地名都落到了实处。有一个人名甚至是他的九十多岁高龄的母亲想到的。美雪原来叫吴雪娇，是产科护士，她继承了茹丝的服务精神，一生接生婴儿 9000 多个，差一点不到 1 万。刘先生与她家很熟。应我之请，刘先生还为本书撰写了很好的序言，校对了校样。没有闽清方面的帮助，这本书不会有今天的质量，也不能顺利出版。

说到这里又想到另一个方面，就是茹丝日记的翔实。书中人名地名都经得起考证，而且她记述的抬神游行、祭祖、结婚、招魂等场面，都那样生动具体，可以作为研究民俗的学者的参考。在茹丝繁忙的行医抢救的生活中，她居然能写下这么多有价值的日记，令人十分佩服，这是不容易做到的。比如说茹丝的前任卡尔顿医生，她首创这座医院，而且服务长达 30 多年，贡献巨大，然而她就没有写日记，结果今天我们就看不到她的事迹了。

在翻译的过程中我妻罗中不断帮助我校阅译文，使我拙笔之下的文字能够流畅，贡献良多。在此向她表示衷心的感谢。

在本书出版的过程中，我得到了步平先生、Quan Chau 先生的很大帮助，特此向他们致谢。李玮先生不但评介本书，而且提出了很有价值的意见。本书责任编辑郭烁出色的工作也使本书生色不少，同样感谢。

张天润

2012 年 12 月于七叶树下

**图书在版编目（CIP）数据**

海门薇医生在中国：1924~1941／（美）海门薇（Hemenway，R. V.）著；
张天润译 . —北京：社会科学文献出版社，2013.5
ISBN 978－7－5097－4314－0

Ⅰ.①海… Ⅱ.①海… ②张… Ⅲ.①回忆录－美国－现代
Ⅳ.①I712.55

中国版本图书馆 CIP 数据核字（2013）第 035623 号

## 海门薇医生在中国 1924－1941

著　　者／〔美〕茹丝·V. 海门薇
译　　者／张天润
校　　者／刘守光

出 版 人／谢寿光
出 版 者／社会科学文献出版社
地　　址／北京市西城区北三环中路甲 29 号院 3 号楼华龙大厦
邮政编码／100029

责任部门／近代史编辑室（010）59367256　　责任编辑／宋　超　郭　烁　于　冲
电子信箱／jxd@ ssap. cn　　　　　　　　　责任校对／师军革
项目统筹／徐思彦　　　　　　　　　　　　　责任印制／岳　阳
经　　销／社会科学文献出版社市场营销中心（010）59367081　59367089
读者服务／读者服务中心（010）59367028

印　　装／北京季蜂印刷有限公司
开　　本／787mm×1092mm　1/16　　　　印　　张／14.25
版　　次／2013 年 5 月第 1 版　　　　　　字　　数／164 千字
印　　次／2013 年 5 月第 1 次印刷
书　　号／ISBN 978－7－5097－4314－0
著作权合同
　　　　　／图字 01－2013－0930 号
登 记 号
定　　价／39.00 元